Boualem Aznag
et Stéphane Grulet

Le bonheur est dans le préau

Merci à Sophie, Valérie, Yanis.
Collègues, enseignants, parents, enfants,
votre enthousiasme nous donne envie d'être
un peu plus « Jean-Jacques » chaque jour.

Merci à Marie pour sa confiance
et à Christophe, notre geek préféré,
sans qui cette histoire n'aurait
jamais commencé.

Boualem Aznag
et Stéphane Grulet

Le bonheur est dans le préau

JUNGLE!

Ton métier, c'est enseigner, échanger avec les parents d'élèves, préparer ta classe et corriger des copies. Mais c'est aussi recevoir des dizaines de dessins moches que tu n'oses pas jeter parce que ta conscience professionnelle et ton sens du devoir te l'interdisent. Ton métier, c'est également :

- demander à tes élèves si on entend le son [y] dans *loup* : « *On voit la lettre U, mais ce n'est pas le son [y] bordel… Et dans punition, tu l'entends le son [y] ?* » ;
- surveiller à 8 heures du matin une cour de récréation lugubre où des élèves se courent après en faisant le bruit de la moto : « *Mais restez chez vous, sérieux. Vous n'avez pas de maison, pas de parents ? Vous êtes obligés de venir si tôt ?* » ;
- se taper une fois par semaine du gâteau au yaourt gras et insipide : « *On attend bien que tout le monde soit servi avant de manger. Enfin ceux qui auront envie de manger ce truc.* » ;
- chercher un objectif pédagogique à chacune de tes actions quotidiennes : « *Pour le passage aux toilettes, si j'écris que je souhaite développer l'autonomie des élèves, j'ai bon ?* ».

Si la lecture de ces premières lignes provoque chez toi :

- un hérissement des poils des avant-bras ;
- une vive émotion se traduisant par des guili-guili dans le ventre ;
- ta journée d'hier en grande section...

... **alors tu es professeur des écoles.**

Comme nous, tu as envie de te lever et de crier :

Madame, ne le prenez pas mal, mais avec les collègues, on se demande si Léo ne serait pas un peu con.

Est-ce que, parmi vous dans cette classe, quelqu'un est réellement intéressé par l'accord de l'adjectif dans le groupe nominal ?

Les enfants, allez à la chorale sans moi, parce que perso tous ces chants de Noël, ça me fout limite la gerbe.

Ça vous dit qu'on reste en récréation tout l'après-midi ? Qui est contre ?...

… **mais tu ne peux pas, puisque tu es professeur des écoles.**

Alors pendant que tu seras plongé dans ces pages, tu pourras enfin lâcher prise. Astuces débiles, innovations pédagogiques sans intérêt, témoignages crétins et conseils limite honteux, nous ouvrons pour toi les coulisses du métier de professeur des écoles.

Le bonheur est dans le préau est une immersion dans le quotidien des enseignants. Comment préparent-ils leurs cours avec deux mojitos derrière l'oreille ? Comment font-ils pour habiller 25 élèves en 7 minutes ? À quel instant de la journée arrêtent-ils de parler de leur travail ? Jusqu'à quelle heure de la nuit se font-ils appeler « Maître » ou « Maîtresse » ?

Le bonheur est dans le préau **est un livre écrit par un enseignant et un papa déconneurs. Tous deux n'ont qu'un seul objectif : partager leur passion pour le plus beau métier du monde.**

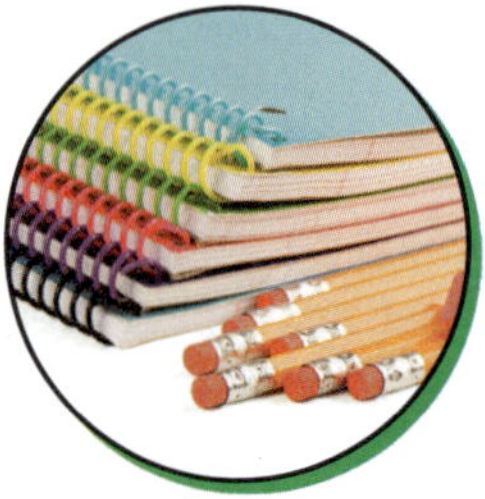

Peut-on corriger ses cahiers pendant que les enfants travaillent ?

C'est le rêve de tout enseignant : les élèves travaillent calmement sur une fiche d'exercices, ce qui vous laisse du temps pour faire des corrections. Comment arriver à cet état de grâce pédagogique ? Prenons l'exemple d'une séance de géométrie en CM2.

- **Donnez oralement la consigne du premier exercice :** « *Observez et nommez chacun des solides du document.* » Précisez que tous les exercices de la feuille sont à effectuer. Allez ensuite **corriger trois cahiers à votre bureau.**

- **Si un élève lève le doigt,** donnez-lui la parole. Quelle que soit la question, répondez inévitablement par : « *Relis la consigne.* » **Corrigez deux cahiers.**

- **Si plus de 13 enfants posent la même question,** par exemple : « *Maîtresse, c'est quoi un polyèdre ?* », donnez la réponse.

- **Si vous ne savez pas ce qu'est un polyèdre,** promettez-vous de ne plus jamais distribuer une fiche d'exercices sans l'avoir lue au préalable. Cherchez la réponse sur Google, ou mieux, demandez à Guillaume, le fils du prof de maths du collège voisin, de donner la solution. Invitez les élèves à se remettre au travail, puis **corrigez encore trois cahiers.**

- **Si un élève demande s'il faut faire « *toute la page* »,** acquiescez en précisant que « *les cinq exercices doivent être faits, et rapidement* ». Protégez votre capital-autorité en vérifiant qu'il y a bien cinq exercices sur la feuille. **Corrigez un cahier.**

- **Si vous voyez un élève reboucher son stylo et retourner sa feuille,** vous êtes en situation d'alerte. **Corrigez vite le cahier du fils du prof de maths du collège** avant qu'il ne soit trop tard. Ne pas corriger le cahier du fils d'un collègue serait une erreur fatale qui pourrait vous coûter une annotation dans la marge de la part de la famille, ou pire… une remarque en public lors d'une réunion de concertation école-collège.

- **Si vous remarquez que deux élèves ont terminé la fiche,** déclenchez le plan alerte orange avec cette phrase : « *Dites donc, vous deux, vous n'êtes pas allés un peu trop vite ? Ce n'est pas une course quand même. Reprenez tous les exercices et vérifiez chacune des réponses.* » **Terminez la correction du cahier du fils du prof de maths du collège.**

- **Si trois élèves ont fini, vous êtes en alerte rouge.** Vérifiez l'état d'avancement des autres en circulant dans les rangs et en observant chaque copie. Fixez votre index sous le menton en articulant un borborygme comme « *Mmmmm* » ou « *Mmm*

Mmm ». Ceci montre que vous avez un avis sur le travail de chaque élève, même si vous ne savez toujours pas ce qu'est un polyèdre.

- **Si huit élèves ont fini alors que Kevin n'a toujours pas écrit la date et son prénom,** vous êtes dans la merde. **Rangez vos cahiers et disposez-les dans un large panier que vous rapporterez le soir à la maison.** Envoyez un SMS à Linda pour lui dire que vous n'irez pas boire des mojitos avec elle pendant l'*happy hour* ce soir.

- **Ramassez les feuilles de géométrie** en vous disant que vous les corrigerez pendant l'évaluation de grammaire cet après-midi.

Les raisons pour lesquelles tu n'as pas préparé ta classe

- **Ton mari t'a emmenée chez Flunch.** Une soirée romantique, ça ne se refuse pas.

- Tu commençais à préparer tes cours. Tu travaillais tranquillement à ton bureau. **Et puis soudain tu as réalisé que la chaîne alimentaire des animaux, tu t'en cognais grave.** Alors tu t'es barrée dépenser de l'argent et boire des coups. *And fuck the cahier-journal !*

- **Y avait *Game of Thrones* à la télé.**

- **C'est la stagiaire ATSEM* qui prend la classe.** Pendant deux semaines. C'est interdit mais elle n'est pas censée le savoir.

- **Pas besoin : la pédagogie coule dans tes veines.** La didactique est une seconde nature chez toi.

* Agent territorial spécialisé des écoles maternelles : personne embauchée par la mairie chargée de moucher les nez qui coulent.

- **Hier soir tu es rentré super tard du conseil d'école.** Tu t'es mis minable avec l'adjoint au maire. Vous avez réécrit le Projet éducatif du territoire jusqu'à 4 heures du matin. Soirée de dingues.

- **Tu as déjà préparé ta classe la semaine dernière.**

- **Tes CM2 présentent leur exposé toute la journée.** Eh ouais, pas con le mec ! C'est qui le boss ?

- **Il te reste un tas monstrueux de coloriages magiques à faire sur ton bureau.**

- **Tu n'es pas enseignant.** Tu es roulant à la SNCF. Donc forcément.

C'est la rentrée. Osons un look à la fois belle des champs et belle dans ma classe avec cette sélection chic et pratique.

Maîtresse d'école : ton total look « teacher-bohème » pour 79 €.

- **Un caban en gabardine de coton imperméabilisé.** Au revoir les taches de peinture des doigts potelés de vos bout' choux.

- **Une veste polaire** dans les tons parme de chez Sporathlon. C'est pas beau mais ça tient chaud quand tu surveilles la récré. Hi hi hi.

- **Une robe-salopette en toile de coton noir.** Malin la robe noire pour l'autorité. Craquante la salopette rappelant le monde de l'enfance que tu n'arrives pas à quitter sinon tu ne serais pas maîtresse.

- **Des boots en skaï à talons.** On adore leur côté pratique. Aussitôt enlevées, aussitôt envoyées sur un élève récalcitrant.

- **Manchette en métal de verre doré, perles du Japon et soie.** T'énerve pas, ma chérie, ça a l'air chic mais en fait c'est juste un bracelet que ta petite dernière t'a fait pour la fête des Mères.

Négocier avec un élève : un ancien du Raid témoigne

Laurent Cousino, ex-agent du Raid, est aujourd'hui négociateur de crise. Il a fondé Bambino, un réseau de conseil en stratégie qui accompagne les enseignants. Ses méthodes sont redoutables. Rencontre.

Crâne rasé, chemise grise et pantalon noir, Laurent nous accueille dans ses bureaux parisiens d'une poignée de main ferme. « *Autant vous le dire tout de suite, je n'ai aucune solution à vous donner quant à la négociation avec un enfant. Mon métier est de m'adapter à chaque situation.* » Le jeune quadra accepte cependant de nous livrer ses secrets.

Prenons un exemple concret : Kevin, 6 ans, réclame un jouet en pleurant pendant que l'on fait les courses. Que peut-on faire ?

La première règle est d'évaluer la prise de risque. Vous devez immédiatement déterminer s'il y a un risque potentiel de perdre ce bras de fer qui vous oppose à votre fils de 6 ans.

Comment évaluer la prise de risque ?

Si Kevin veut une pochette de cartes Pokémon, *vous savez que vous pourrez céder. S'il attaque d'emblée en réclamant un jouet* Transformers, *le* Super Bumblebee *par exemple, vous devez rester focus. Cernez immédiatement son objectif : veut-il vraiment ce jouet, ou souhaite-t-il seulement vous faire chier, comme à peu près tous les autres jours de l'année ?*

Mais comment le savoir ?

N'abattez pas vos cartes trop tôt. Établissez un dialogue avec lui en veillant à ce qu'il reste dans le caddie, pour éviter les dommages collatéraux. Jouez le bluff en affirmant que vous lui en avez acheté un le matin même, et qu'il l'attend dans sa chambre.

Une fois à la maison, Kevin se rendra compte du mensonge...

Je ne dis pas que cette solution est une panacée. De retour à votre domicile, vous devrez sûrement vous débarrasser de votre enfant en abandonnant vos droits parentaux et en le plaçant dans une famille d'accueil. En attendant vous pouvez être fier de vous, il n'a pas hurlé dans le supermarché.

Plus largement, quelle fut votre mission la plus éprouvante ?

J'ai enseigné trois jours en Moyenne Section de maternelle. Je débutais. Je n'ai même pas réussi à négocier le passage aux toilettes. Heureusement que l'ATSEM était là. Putain de métier.

L'historique Google d'une maîtresse d'école

8 h 49

Recettes gâteaux école maternelle

> lacuisinedesptitsloulou.fr

8 h 51

Règles d'hygiène atelier de cuisine en classe

> enseignantdebutant.fr

9 h 01

Durée péremption yaourts

> grosradin.fr

11 h 02

Symptôme intoxication

> pinpon.fr

13 h 46

Enlever taches vomi

> conseilsdeblogueusesalacon.fr

13 h 56

Gérer groupe d'enfants en panique

> tdanslamerde.fr

14 h 23

Numéro des pompiers

> mecsenuniformes.fr

15 h 52

Changer de métier

> maintenantoujamais.gouv.fr

Le bingo de la rentrée

T'as pas dormi de la nuit.

La mairie a repeint ta classe. C'est bien. C'est beau. C'est propre. Par contre ils ont oublié de raccrocher le tableau.

« Faut bien reprendre un jour. »

Tu as plein de bonnes résolutions. Par exemple : *Tenir un beau cahier-journal*. Six jours plus tard, il est déjà enfoui dans le tiroir de ton bureau.

Tu surlignes dans ton agenda les périodes de vacances. Et les jours fériés.

« T'as vu, le 1er et le 8 mai tombent un dimanche cette année. »

Chaque élève arrive avec un nouveau cartable. À roulettes. Qui crissent sur le macadam de la cour. À t'en péter les tympans.

Madame Déguin
te demande
de placer Hugo
devant le tableau.

« Il a des allergies.
Surtout à l'arachide.
C'est un enfant très
angoissé. Je sais pas pourquoi
il s'angoisse comme ça. Il a sa
Ventoline dans le cartable. S'il y
a un problème, vous m'appelez.
J'ai fait tatouer mon numéro
de portable sur son
avant-bras. »

Tu as oublié
de photocopier
ton texte de lecture.
Il y a 6 collègues qui
attendent devant la
photocopieuse.

Les petits
de maternelle
pleurent parce qu'ils ne
voulont pas rentrer dans
la classe. Les parents
pleurent parce qu'ils ne
veulent pas sortir de
la classe.

« Bon courage
avec Dylan :
sa Ritaline* est dans
le cartable. »

* Médicament qui régule l'hyperactivité de l'enfant, et permet d'éviter que Dylan n'étrangle Baptiste trop fort.

Des tampons personnalisés pour une meilleure relation avec les familles

Pratique : communique plus facilement avec les parents de tes élèves. Grâce à ces tampons, tu donneras plus facilement une information aux familles, et permettras aux enfants de progresser.

Merci de signer le cahier du jour.

Oups. Le cahier n'est pas signé.

Quand tu veux, tu signes le cahier du jour.

Tu vas le signer ce putain de cahier, bordel.

Merci d'arrêter d'habiller .... comme une chanteuse de R'n'B.

ÇA T'ARRACHERAIT
LA GUEULE DE ME DIRE
BONJOUR LE MATIN ?

....
encore plus pénible que son grand frère. est
Merci de vous ligaturer les trompes.

Merci de laver les dents de

....

MERCI DE CHANGER
LE PRENOM DE

....

Coucou, je m'appelle Léa.
Ma maman est maîtresse d'école.
Viens jouer avec moi. Nous allons apprendre des tas de choses.

Je connais mes syllabes

Écris pa ou pe.

Maman est une maîtresse. Le matin, elle ......rt tôt à l'école. Elle pré......re les tableaux. Le soir, elle ne rentre ......s très tôt car elle ......rtici...... à des réunions ......ssionnantes. Pa...... ne voit jamais maman. Il doit se ......lucher tout seul dans les toilettes.

Quel prof fatigué es-tu ?

Chaque jour, tu donnes le meilleur de toi-même à tes élèves. Mais te reste-t-il encore un peu d'énergie ? Pour le savoir, fais le test.

❶ Depuis le début du mois de septembre, tes copies et cahiers…

A. … sont corrigés chaque soir, avant de préparer les cours du lendemain.
B. … sont corrigés chaque jour, mais par les élèves eux-mêmes.
C. Quels cahiers ?

❷ Une maman vient te demander de garder sa fille Zoé l'année prochaine en CM1.

A. Tu lui expliques que la répartition des élèves dépend de nombreux paramètres et que les changements sont difficiles à opérer.
B. Tu réponds favorablement à sa demande.
C. Tu lui demandes qui est Zoé.

❸ La récréation est…

A. … de 15 minutes, comme depuis le début de l'année.
B. … l'occasion de préparer ta peau aux futures séances de bronzage sur la plage.
C. … malheureusement interrompue par 10 minutes de travail en classe par demi-journée.

❹ Noyan s'est fracturé le genou dans la cour…

A. Tu délivres les premiers soins et appelles les pompiers.
B. Tu demandes à Élise de procurer les premiers soins et à Mohammed d'appeler les pompiers.
C. De toute façon, Noyan, il a toujours mal quelque part.

❺ La maman de Zoé te demande de fêter l'anniversaire de sa fille le dernier jour…

A. Tu accèdes à sa demande.
B. Tu accèdes à sa demande, et proposes de faire venir un orchestre de mariachis.
C. Tu repars avec les pompiers qui sont venus chercher Kevin.

- ***Tu as un maximum de A :***
  Tu as beaucoup choisi la lettre A.
- ***Tu as un maximum de B :***
  Tu oscilles entre le A et le C.
  En gros tu n'as aucune personnalité.
- ***Tu as un maximum de C :***
  Tu as beaucoup choisi la lettre C.

Cette oreillette traduit en direct ce que vous dit l'enseignant de votre enfant !

Phrase de l'enseignant

Madame Moreaux, voulez-vous bien accompagner la classe chaque lundi à la piscine ?

Madame Moreaux, voulez-vous bien venir chaque lundi vous faire chier à rhabiller 40 élèves de CP qui hurlent dans un vestiaire humide ?

Traduction

Chers parents, dans le cadre de la vie de la classe, pourriez-vous apporter un paquet de mouchoirs, de lingettes et de gâteaux ?

Silvi plé, moi enseignant, moi pas argent. Donne à moi mouchoirs, gâteaux, cigarettes.

Chers parents, les poux sont de retour. Merci de vérifier les cheveux de votre enfant.

Chers parents, vous allez passer votre week-end entre lessives et sèche-linge. Bisou et bon courage.

Madame, Monsieur, votre enfant participe à une activité enluminure.

Madame, Monsieur, j'ai un pote intermittent du spectacle qui n'a pas son quota d'heures. Il vient dans la classe faire 4 interventions sans intérêt. Bon, j'ai couché avec lui une fois mais ça n'a rien voir.

Madame, Monsieur, votre enfant participe à une animation « permis piéton ».

Madame, Monsieur, votre enfant participe à une animation « permis piéton », ce qui me permettra de passer 2 heures à mater un p'tit cul de policier en uniforme.

Madame, Monsieur, votre enfant participe à une activité patinoire.

Madame, Monsieur, demain, je perds toute crédibilité en me ramassant la gueule sur la glace.

Madame, Monsieur, merci d'accompagner votre enfant au monument aux morts de la commune, demain matin à 10 heures.

Madame, Monsieur, demain, jour férié, levé 7 heures. En plus, je suis invitée à une soirée et je pense conclure. Fait chier : au lieu de rendre hommage aux poilus, j'avais prévu de m'occuper du mien.

*10 signes qui montrent que votre enfant a besoin d'un AVS**

1 **Il a la langue qui pend toujours** à gauche sur la lèvre inférieure.

Il aime bien Kendji Girac. 2

3 **Il a une mère qui s'appelle Peggy** et un père qui fait du tuning.

4 **Il ne se déplace jamais sans son fauteuil.**

Son père et sa mère, c'est des frères. 5

6 **Il a violé son ancienne AVS*.**

7 **Il connaît le nom des personnages morts** dans *The Walking Dead*.

Il appelle « papa » les différents chauffeurs de taxi qui viennent le chercher à l'école. 8

9 **Il porte un tee-shirt de catcheur.**

À 15 ans, il sait enfin écrire son prénom sans faire de faute. 10

---

* Auxiliaire de vie scolaire : personne qui accompagne les enfants ayant des difficultés ou dont les parents regardent NRJ12.

J'ai vécu une soirée avec des profs

Rien ne s'est passé comme prévu pour ce jeune homme qui n'avait jusqu'alors jamais passé une soirée avec des enseignants.

« ***Tout était prêt***, **nous raconte Rémy, 34 ans.** ***Pour les 30 ans de ma fiancée Laetitia qui est professeur des écoles, j'avais invité en secret ses collègues.*** *Dîner, cadeaux, musiques : tout était réglé.* » Mais dès le début du dîner, notre jeune amoureux sent qu'il perd le contrôle. Au moment où il offre son cadeau à sa chérie, avec écrit sur l'étiquette, *bonne anniversaire*, les collègues sortent leur stylo rouge pour corriger la faute. « ***L'une d'elles m'a même tamponné un smiley "Travail médiocre" sur le front*** », se souvient avec effroi Rémy.

« *Ensuite j'ai lu un petit discours.* ***Elles ont immédiatement sorti une grille d'évaluation de compétences, et m'ont dit que j'avais bien mis le ton mais que je n'articulais pas assez.*** » C'est à ce moment que Rémy prend peur : Julie, la meilleure amie de Laetitia et enseignante en CE2, lui reproche sévèrement de ne pas avoir fait son dessin de poésie.

La soirée se poursuit dans la salle à manger. En regardant la décoration de la table, les invitées s'échangent des idées pour des bricolages de la fête des Mères ou pour le marché de Noël. Mais l'horreur atteint son paroxysme pendant le repas. Alors que certaines débattent sur les rythmes scolaires pendant que d'autres échangent sur les méthodes de lecture, Évelyne, la directrice, prend les choses en main : elle organise des ateliers et nomme un rapporteur par groupe.

« ***Elles ont investi toutes les pièces de l'appartement, débattu pendant une heure pour au final ne prendre aucune décision. Ça devait vraiment leur rappeler le boulot,*** analyse Rémy. *J'ai profité du moment de synthèse pour apporter le gâteau d'anniversaire. Julie a fait compter les bougies en anglais pendant que Noémie posait un problème de mathématiques sur les fractions et le partage d'un gâteau en neuf.* ***C'était trop. Sans même attendre la fin du dessert, j'ai mis tout le monde dehors. J'ai bien fait car Véronique commençait à préparer une ligne d'écriture sur le papier peint du salon.*** »

Aujourd'hui Rémy et Laetitia ont pris une décision destinée à préserver leur couple. « ***Nous ne fréquentons plus d'enseignants,*** **nous explique Laetitia.** ***Nous ne faisons que des soirées avec les collègues de Rémy. Comme il est médecin légiste, ça ne donne pas envie de parler de son boulot.*** »

Comment bien choisir son manuel de lecture ?

Bonjour Jean-Mireille. Je suis un jeune enseignant, l'année prochaine pour la première fois j'aurai une classe de CP. Quels manuels de lecture me conseillez-vous ?

Jérôme – Saint-Étienne

LA RÉPONSE DE L'EXPERT

Jean-Mireille est psychopédagogue, spécialisée dans les démarches didactiques transactionnelles. Bref, elle donne beaucoup de leçons, mais elle n'a jamais su faire classe. Voici sa réponse.

Cher Jérôme. Je crois que le plus important est de s'intéresser à l'aspect didactique défendu par les auteurs. Questionnez-vous par exemple sur l'approche graphophonologique. Portez un regard sur les choix concernant les homophones hétérographes, à ne pas confondre évidemment avec les phonogrammes. ***D'une manière générale, analysez la prise de conscience phonémique et la mise en place du principe alphabétique, dans le cadre d'une médiation phonologique cela va de soi.*** *Et si vous ne comprenez rien, faites comme tout le monde, regardez le prix des manuels.*

J.-M.

Les raisons pour lesquelles tu as raté ta séance de lecture

- **Tu as voulu innover en choisissant de la littérature contemporaine.** *50 nuances de gris*, c'est un peu trop.

- **Tu as demandé à tes élèves de CP de se mettre par deux** et de chercher dans le texte de *Babayaga* tout ce qui évoque la montée du christianisme.

- **Tu as oublié ton texte de lecture à la maison.** Ta clé USB. Ton cahier-journal, tout. Bref, hier tu as dormi chez ton copain.

- **Tu as les ouvriers de la mairie qui démontent ton tableau** pour préparer l'installation du TNI*.

- **Tu as préparé un super document** alternant judicieusement images et textes. Mais Mattéo a vomi dessus.

* Tableau numérique interactif : tableau sur lequel on affiche l'écran d'un ordinateur, et qui fonctionne une fois sur quatre.

- ***Po le lapin magique* est un très bon livre.** Mais pas pour des CM2.

- **Tu avais l'inspecteur au fond de la classe** qui soupirait à chaque fois que tu donnais une consigne.

- **Tu réalises en commençant ta séance que tu l'as déjà faite l'année dernière** quand tu avais ces mêmes élèves en CE1.

- **Tu dois surveiller la classe de ta collègue** absente en attendant le remplaçant.

- **Ton conseiller pédagogique t'a recommandé de commencer le livre par la fin,** parce que tu verras : « *C'est géniââââl.* » Comme tu es un jeune professeur des écoles stagiaire, tu l'as écouté... et tu es dans la merde.

Meet the prof : la première application de rencontre entre profs

Actuellement, la grande tendance des applications de *dating* est l'hyper ciblage des consommateurs. Dernière née, *Meet the prof* permet à des enseignants de se rencontrer. Récit d'une future *success story*.

Caroline a rendez-vous avec Simon. Elle est un peu nerveuse, car c'est la première fois qu'elle utilise cette technologie pour rencontrer quelqu'un. La jeune femme peut avoir confiance : elle a choisi la très sérieuse application *Meet the prof*. Le principe est simple. En vous inscrivant, vous indiquez votre pseudo, votre âge, ainsi que vos pratiques pédagogiques. Par exemple, mentionnez si vous êtes plutôt frontal ou socioconstructiviste. Des questions plus précises vous sont posées comme : *Mettez-vous encore des notes chiffrées ?* ou *Préférez-vous le présentiel ou le distanciel ?*

Grâce à la géolocalisation et au résultat du test d'affinités, *Meet the prof* sélectionnera le ou les fonctionnaires les plus proches, prompts à débattre avec vous d'éducation et de pédagogie.

« ***C'était génial,*** s'enthousiasme Caroline. ***Au premier regard, j'ai tout de suite vu qu'il était adepte de la démarche d'investigation en sciences.*** *Avant même que je m'assoie, il m'a fait remplir une évaluation diagnostique. Au bout de 10 minutes, on se montrait nos cahiers-journaux. Au moment de se séparer, je lui ai susurré à l'oreille que j'aimerais beaucoup construire une séquence d'apprentissage avec lui. Je n'ai jamais passé une telle nuit. Il m'a tout fait : relecture des programmes officiels, débat sur la coparentalité… C'était hot.* »

Le succès de Caroline ne doit pas camoufler la réalité. Les créateurs de l'application reconnaissent que toutes les rencontres ne sont pas des réussites. C'est le cas de Francis, adepte du tableau noir, qui ne s'est pas du tout entendu avec Georges, qui utilise depuis peu un tableau numérique interactif. « ***Entre nous, ça n'a pas du tout collé,*** nous raconte Francis, ***surtout quand il a essayé de me mettre son gros stylet dans la main.*** »

L'histoire de Caroline et Simon augure cependant un bel avenir à l'application. « ***Grâce à* Meet the prof*, je vis un rêve depuis le premier jour. Hier soir, Simon m'a enfin mis son premier quart de décharge.*** »

Enseigner la lettre Q à des élèves de CP

COMPÉTENCE

- Tracer une lettre cursive avec un outil scripteur.

MATÉRIEL NÉCESSAIRE

- Un outil scripteur (stylo).
- Surface plane récipiendaire d'encre (feuille de papier).

DÉROULEMENT

- **Démarrer la séance en introduisant le Q.** Tracer plusieurs lettres au tableau (exemples : E, K, G et Q), puis demander à un élève de venir mettre un doigt dans le Q.
- **Dessiner un gros Q au tableau,** puis convier les élèves à le reproduire.
- **Demander ensuite aux enfants de montrer leur Q.** Faire élire le plus beau Q de la classe.
- **Faire tracer d'autres Q sur la feuille,** en veillant à ce que chacun fasse attention à la petite queue qui sort du Q.
- **Conclure en précisant que la prochaine séance sera consacrée au P.**

Pas prof / prof

Tu envisages ta journée comme une succession de petits bonheurs. Pour toi, chaque instant doit être l'occasion de prendre une bouffée de plaisir. Sauf si tu es prof.

Je visite un musée pendant mes vacances en Dordogne

✗ Pas prof

Avant de partir, je signe le livre d'or.

✔ Prof

Avant de partir, je signe le livre d'or, et je récupère 32 dépliants gratuits sur les châteaux forts, 32 guides gratuits sur les grottes et je vole 32 crayons pour les élèves de ma classe de CM1.

Je suis invitée à dîner chez des amis

✗ Pas prof

Au moment de l'apéro, les enfants jouent en faisant du bruit. Je leur demande d'aller s'amuser dans la chambre.

✔ Prof

Au moment de l'apéro, les enfants jouent en faisant du bruit. J'organise un retour au calme avec le « Roi du silence », puis je mets en place une activité de lecture avec un questionnaire de compréhension.

Je mange au restaurant

✗ Pas prof

Le serveur m'apporte le menu : je choisis la formule entrée, plat, dessert.

✔ Prof

Le serveur m'apporte le menu : je sors mon stylo rouge et je corrige les fautes.

Je fête Noël

✗ Pas prof

Le Père Noël apporte les cadeaux et j'ouvre le mien en le remerciant.

✔ Prof

Le Père Noël apporte les cadeaux et j'ouvre le mien en lui racontant ses origines, ses différentes représentations dans le monde, puis je mets en place un concours de dessin.

Je fais l'amour

✗ Pas prof

Mon mari rentre du travail et nous avons très envie de faire l'amour. Nous allons dans la chambre...

✔ Prof

Mon mari rentre du travail et nous avons très envie de faire l'amour. Nous allons dans la chambre... Je sors ma cravache et lui montre que l'école n'est pas le seul endroit où l'on m'appelle Maîtresse.

Inspection : ma première fois

On en parle avec son entourage. On s'y prépare minutieusement. On anticipe pour que tout se passe bien. Et puis on réalise au dernier moment qu'on ne se sent pas prêt. Cela fait partie des événements dont on se souvient toute sa vie : la première inspection. Témoignage.

« C'était un jeudi pluvieux de novembre. Quand il est rentré dans ma classe, j'ai eu le souffle coupé. Je n'avais jamais été aussi proche de lui. Je me sentais fébrile. »

Joli minois, allure dynamique, Sandrine*, 28 ans, professeur des écoles, nous raconte avec beaucoup d'émotion sa première fois.

« D'emblée, il a parcouru mon cahier-journal, le registre d'appel et même le document d'harmonisation pédagogique. Page après page, il voulait tout savoir de moi. ***Quand il a posé son doigt sur mes progressions, je tremblais.*** *J'avais tellement envie de lui plaire. Il s'est retourné vers moi, m'a regardé droit dans les yeux.* ***Il n'a rien dit. Je ne savais pas comment interpréter son silence.*** *»*

Chaque professeur des écoles est inspecté en moyenne tous les trois ans. Et c'est toujours le même rituel : deux séances d'enseignement en classe, suivi d'un entretien en profondeur. **Sandrine se souvient d'un moment à la fois intense, mais rapide.**

---

* Le prénom a été modifié.

« Tout est allé très vite : les élèves étaient devant moi. ***Je n'arrivais pas à ouvrir la bouche.*** *L'inspecteur était assis à mon bureau. J'ai commencé mes activités préliminaires. Quand la petite Zélie est venue écrire la date sans faute au tableau, j'ai pris confiance. Je me détendais. C'est à ce moment qu'il s'est levé et qu'il a circulé entre les tables des élèves. Ensuite, il a vérifié mes affichages en français et en mathématiques.* ***Je sentais sa présence derrière moi. Nos regards se sont croisés. J'ai rougi.*** *Je savais qu'il venait s'assurer de mes compétences. Je ne savais pas qu'il pénétrerait aussi loin mon intimité pédagogique. »*

En faisant remonter à la surface ces souvenirs chargés d'émotion, **la respiration de Sandrine s'accélère.** Elle repense à ce jour de novembre où elle la voyait monter, puis descendre devant elle, sa note d'inspection.
« Une fois bien échauffée, j'ai sorti le grand jeu. J'avais préparé des objets. Des petits, des gros. J'ai tout déballé. L'objectif de ma séance de mathématiques était de passer de la manipulation de matériel didactique à une forme d'abstraction. Surcharge cognitive, relance didactique, synthèse partielle : j'avais pensé à tout. Mais au moment où la petite Agathe expliquait à la classe le sens de la soustraction, le TNI s'est éteint. Plus aucune image. J'étais paniquée. ***Ma tête commençait à tourner.*** *»*

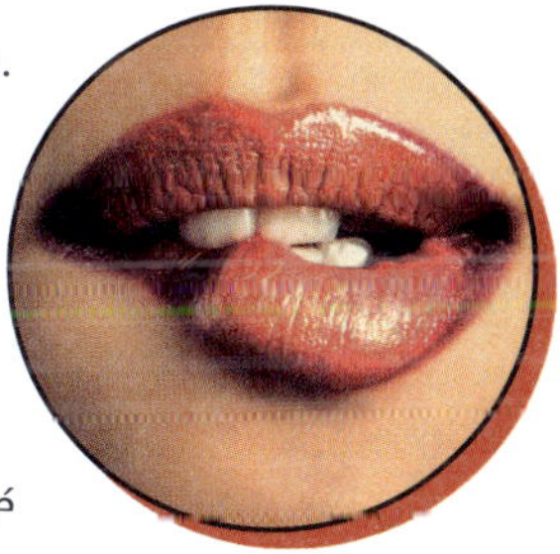

Sandrine s'autorise une pause. Elle demande un verre d'eau, puis poursuit son récit.
« Je n'avais pas d'autre choix que d'improviser. Au moment où j'allais fixer une affiche au mur pour écrire dessus, l'inspecteur s'est levé

Il s'est dirigé vers moi, et m'a demandé de baisser les yeux. *Penaude, j'implorais sa clémence et sa miséricorde pour cet ennui technique qui me contraignait à clore prématurément ma séance d'apprentissage. En fait, il m'indiquait de son index que je marchais sur la rallonge électrique du TNI. »*

Et Sandrine de se souvenir de ce moment de grâce : l'inspecteur l'aida à rebrancher le cordon d'alimentation. Il s'affaira même à réactiver les logiciels.

« Lors de l'entretien qui a suivi, mon inspecteur a tout voulu savoir sur mes pratiques. ***Je lui ai tout raconté. Sans rien lui cacher. Je lui ai même livré mes appréhensions quant à l'idée de faire ça à plusieurs.*** *Il m'a en effet proposé de recevoir des stagiaires dans ma classe. »*

Sandrine garde un souvenir ému de sa première inspection.

« J'étais pétrie de doutes, et finalement je me suis sentie rassurée. L'année suivante, j'ai changé de circonscription. Je n'ai jamais revu mon inspecteur. Je garde un très bon souvenir de lui. C'est le premier homme qui m'a dit que j'étais une bonne maîtresse. »

ParentsProfs
N°86
PSYCHO
Mon enfant de 3 ans n'a aucune conversation
SHOPPING
Un total look grâce à vos 4 euros d'augmentation
BANC D'ESSAI
Les 5 meilleures merguez pour la kermesse de l'école
BEAUTÉ
Enseigner avec la gueule de bois

Ma femme surfe sur des blogs de profs

Cela fait plusieurs mois que mon épouse refuse mes avances. Nous nous aimons toujours, enfin j'ose le croire, mais elle passe ses nuits sur des blogs d'enseignants. Je l'ai déjà surprise en train de télécharger des modèles de cahier de réussite à 3 heures du matin. Pouvez-vous me conseiller ?

Jean-François – Rouen

LA RÉPONSE DE L'EXPERT

Jean-Roger est psychologue, psychiatre et chauffeur routier. Il consulte régulièrement sur la RN60, à hauteur de Courtenay. Voici sa réponse.

Votre femme est une maîtresse d'école passionnée. Il faut respecter cet engouement pour son métier. Toutefois, je vous confie une petite astuce que j'ai expérimentée moi-même car mon épouse est enseignante en Grande Section. ***Allez chercher un rouleau de papier toilette vide, disposez-le délicatement sur votre sexe en érection et appelez votre femme.*** *En général, la vue d'un rouleau de P.Q. procure un plaisir intense chez les maîtresses qui ont une soudaine envie de le manipuler dans tous les sens pour le transformer en Père Noël. Ce sera un nouveau départ pour votre vie sexuelle. Faites attention cependant qu'elle ne vous colle pas du coton sur la bite pour faire la barbe.*

Voilà. Bisous bisous.

J.-R.

Bingo : la sortie scolaire

Paul vomit sur les genoux d'Isaline.

Élisa mange sa compote avant son sandwich au pâté.

Tu as perdu Nathan. Tu vois déjà ton nom dans le journal de demain.

Tu comptes les enfants pour la trentième fois.

Le conservateur du musée te parle des subventions européennes à la culture. Toi, tu rêves d'un café et d'une clope ou tu as envie d'aller faire caca.

Madame Jenlin ne s'occupe que de sa fille.

« C'est à qui ce sac à dos ? »

L'intervenant parle à tes élèves comme à des étudiants de Normale Sup.

Sasha, la première de la classe, connaît mieux le musée que toi.

5 arguments honteux pour faire sauter sa séance de sport

Il pleut. Il fait froid. Il fait trop chaud. Tu as trop mangé. Bref, tu n'as pas envie de mener ta séance de sport. Le problème est que tes élèves n'attendent que ça depuis le début de la matinée. Voici 5 arguments très efficaces pour leur annoncer qu'ils vont rester en classe plutôt que d'aller se défouler.

1. *« Jean-Edmond s'est malencontreusement cassé la jambe au ski. Il fait l'effort de venir en classe avec une jambe dans le plâtre :* ***vous ne voudriez tout de même pas faire un match de foot devant lui ?*** *»*

2. *« Les enfants, je ne me sens vraiment pas en forme aujourd'hui. Mon mari et moi nous sommes séparés hier soir. Notre couple ne fonctionnait plus depuis longtemps, notamment au lit.* ***J'ai découvert hier qu'il avait une maîtresse. Et justement à propos de maîtresse : il s'agit d'une de mes collègues de l'école.*** *Qui a déjà eu Madame Tournier en classe ? »*

❸ ***« Avec ce froid et ce vent, ça me semble plus raisonnable de ne pas aller en sport aujourd'hui.*** *Par contre, on peut regarder un DVD. Qui a déjà vu* Ted 2 *? »*

❹ « **Nous sommes en période de ramadan.** *Loin de moi l'idée de créer des clivages dans la classe, mais il ne m'apparaît pas raisonnable que certains fassent des courses de relais le ventre vide. »*

❺ *« Nous n'irons pas à la piscine aujourd'hui car* **notre petite Coralie est devenue une grande fille cette nuit.** *Tu souhaites nous en parler Coralie ? »*

24 heures de la vie d'un prof

3 h 12	Tu te réveilles parce que tu penses à Clémence, ton élève de CP, qui ne sait toujours pas lire.
3 h 50	Tu te rendors.
3 h 58	Tu te réveilles en te demandant si tu ne devrais pas acheter une méthode de lecture purement syllabique pour Clémence.
5 h 45	Tu te lèves et tu vas répondre à tes messages sur ton blog *institpourlavie.com*
7 h 20	Tu dis à ton mari que tu ne pourras pas aller chercher les enfants au collège parce que tu as une réunion parents-profs. Il n'est pas content. Vous vous engueulez. Tu pars travailler en claquant la porte.
7 h 40	Tu arrives en premier à l'école pour faire les photocopies. La machine est en panne. Tu as envie de mourir.
7 h 42	Tu rappelles ton mari pour lui dire que tu l'aimes. Tu lui demandes s'il peut faire des photocopies à son travail, et te les déposer.
7 h 55	Tu allumes ton Tableau numérique interactif (TNI). Il ne fonctionne pas. Tu écris ton texte de lecture à la craie sur ton tableau noir.
8 h 10	Tu vas dire bonjour aux collègues qui essaient de réparer la photocopieuse. Tu es contente parce que ton directeur que tu n'aimes pas a de l'encre plein les doigts.

8 h 12	La femme de ménage de ta classe a effacé ton texte de lecture au tableau. Tu voudrais être Dexter dans la série éponyme.
8 h 13	Tu te surprends à connaître le mot *éponyme*.
8 h 20	Les enfants arrivent. Tu regrettes déjà le calme qui régnait dans la cour une minute auparavant.
8 h 25	Madame Beguin vient te raconter que Fahem a des boutons sur les bras, et qu'il a vomi toute la nuit.
8 h 26	Tu as envie de vomir.
8 h 35	Une animatrice de la cantine vient récupérer les tickets. Tu te demandes comment un aussi petit bout de femme peut avoir une voix aussi forte.
8 h 47	Tu commences ta séance de lecture.
8 h 48	L'infirmière scolaire frappe à la porte et t'annonce qu'elle va venir chercher les enfants un par un toute la journée. Tu as maintenant la confirmation que tu vas passer une journée de merde.
9 h 26	Kyllian a mal au ventre.
9 h 45	Clara est en bas de la page de son cahier du jour. Elle demande où elle doit écrire. Au moment où tu allais répondre : « Dans ton cul », ton mari frappe à la porte. Il vient déposer les photocopies pour ta séance de maths.
9 h 46	Tu vérifies le nombre de photocopies. Il y en a 23. Pas de bol aujourd'hui, tu as 4 inclusions supplémentaires. Tu engueules ton mari.

10 h 15	Tu es de service en récréation. Serge, ton collègue de 57 ans, te parle de la réforme des retraites. Tu te dis que tu étais quand même mieux en classe avec tes élèves.
11 h 20	Tu demandes à Clémence combien il y a de P dans Papa. Elle répond « 14 ». Tu te dis qu'au moins, elle sait compter jusqu'à 14.
12 h 10	Tu déjeunes avec tes collègues à la cantine. Tu t'arranges pour ne pas être assise à côté de Serge. Tout le monde parle boulot. Tu vendrais ta fille pour être en train de faire du shopping avec tes copines.
13 h 47	L'animatrice de la cantine te dit que Kyllian a vomi pendant le repas.
13 h 48	Tu te félicites que Kyllian n'ait pas vomi en classe le matin. Les élèves rentrent en classe.
13 h 49	Kyllian vomit sur la table.
15 h 45	Tu raccompagnes tes élèves à la grille de l'école.
15 h 46	Zoé ne sait pas si elle repart chez elle ou si elle doit aller au périscolaire.
15 h 48	Tu demandes à Amélie, la directrice du périscolaire, si Zoé est inscrite.
15 h 49	Amélie ne sait pas qui est Zoé.
15 h 50	Tu appelles le papa de Zoé.
15 h 51	Le papa ne sait pas qui est Zoé.
15 h 52	Tu te rends compte que tes fiches d'urgence ne sont pas à jour.

16 h 25 Tu as rendez-vous avec la maman de Clémence. Tu lui dis que sa fille a des difficultés à lire. Elle te dit qu'à la maison elle arrive à lire. Tu abdiques en pensant au mojito qui t'attend à la maison.

18 h 10 Tu fais les courses au supermarché. Tu te demandes s'il est bien réaliste d'acheter 25 camemberts pour récupérer les boîtes en vue du cadeau de la fête des Mères.

19 h 10 Petit bonheur de la journée. Tu passes un peu de temps avec tes enfants. Tu leur fais faire les devoirs. C'est bien parce que c'est pas comme si c'était ton boulot.

19 h 30 Subitement, une envie de meurtre. Ton mari te demande si le repas est prêt.

19 h 37 À table, tu parles de tes élèves, de tes collègues, de ton inspecteur...

20 h 09 Ton mari te parle de son collègue Michel à la compta.

20 h 10 Tu demandes à ton mari de ne pas parler boulot à table.

21 h 05 Tu es devant la télé : ton mari a la télécommande sur les genoux, et toi tu as ton cahier-journal sur les genoux. Ta vie est une fête.

23 h 15 La journée se termine enfin. Tu commences à t'endormir sous la couette. Ton mari gratte de la patte.

23 h 16 Tu lui dis que non, pas ce soir, parce que demain y a école.

3 h 12 Tu te réveilles parce que tu penses à Clémence, ton élève de CP, qui ne sait toujours pas lire.

LES POUX SONT DE RETOUR. HEUREUSEMENT, IL Y A...

HAIR PROTECTOR !

Avec **Hair Protector*,**
les poux ne vous prendront plus la tête !

>>> Hygiénique
sa visière vous protégera contre les éternuements des enfants.

>>> Power
son look « Dark » vous donnera plus d'autorité auprès des élèves.

>>> Stylé
son élégance vous rendra plus désirable auprès des papas.

* Son petit défaut : vous ne pouvez plus parler.

Professeur : les secrets de mon cartable

Si le contenu du sac à main d'une femme est un mystère pour les hommes, ce que l'on trouve dans le cartable d'un professeur des écoles relève de la légende. On déballe tout.

- **Un cahier-journal :** classeur grand format, cahier d'écolier ou même clé USB, cet outil indispensable sera toujours à vos côtés, soir et week end inclus.

- **Tube d'aspirine :** chacune de tes journées se termine par un vilain mal de tête ? Ce produit miracle est aux enseignants ce que la coke est au Festival de Cannes.

- **Gel désinfectant :** utilisé toutes les 10 minutes en moyenne, il t'évitera de passer ton week-end aux toilettes.

- **Clés de la classe :** pratiques pour rentrer dans l'école le dimanche quand tu as besoin de faire tes photocopies.

- **Stylos rouges :** à bille, à pointe ou à feutre, tels les ciseaux pour Edward aux mains d'argent, ils sont le prolongement de tes doigts.

- **Une bouteille d'eau minérale :** idéale pour la ligne et l'hydratation, elle sera également ta caution morale pour t'empiffrer du gâteau d'anniversaire de Lola et de la tarte aux pommes préparée par Saliha, l'ATSEM de l'école.

- **Une carte de la bibliothèque des profs :** aller emprunter des tonnes de livres le mercredi te procure une joie orgasmique.

- **La pochette de secours :** destinée à occuper les enfants en cas d'énervement ou de fatigue passagère, elle est composée de 43 mandalas, de 32 coloriages magiques et d'un DVD de *Chechette et Nin-Nin dans la forêt magique*.

- **Ensemble d'objets confisqués aux élèves, parmi lesquels :** des cartes de jeux Pokémon, un lecteur mp3, une photo dédicacée de Maître Gim's, une trousse de maquillage gagnée à la fête foraine, une cigarette électronique.

le kamasutra pédagogique

La journée, les professeurs parlent sans discontinuer de leur métier, de leurs élèves, de leurs cours et de leur inspecteur. Mais le soir venu, ils parlent de leur métier, de leurs élèves, de leurs cours et de leur inspecteur aussi. Plus qu'une passion, l'acte d'enseigner est un sacerdoce. Les plus extrémistes des enseignants, le genre de ceux qui chantent dans des chorales ou qui ont l'affiche du film *Demain* au-dessus de leur lit, vont jusqu'à suivre les préceptes diffusés par le kamasutra pédagogique. Inventé par Vâtsyâyana Zhang-Meirieu, il permet de confondre les plaisirs de la didactique avec ceux du corps. Extraits.

La descendante

Très en vogue jusqu'au milieu des années 60, la descendante est tombée en désuétude avec l'arrivée des pédagogies actives. Elle est souvent associée à la frontale dans le sens où toutes deux exigent des participants qu'ils avalent beaucoup d'informations sans pour autant être associés au processus.

La constructiviste

Elle s'oppose à la descendante, et consiste à faire monter petit à petit le désir pour arriver jusqu'au bout.

L'individuelle

Pratique pour développer l'autonomie, elle s'avère également efficace pour développer des compétences liées à la motricité fine.

L'inversée

« *Flipped position* » est un mouvement nord-américain qui tend à se développer en Europe. Il consiste à inverser les rôles du

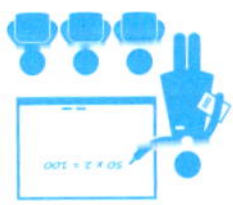

prenant et de l'apprenant. Notons cependant qu'il nécessite une préparation longue et une réelle confiance entre les partenaires.

L'explicite

Proche du tantrisme, l'explicite consiste à décrire ses objectifs et à détailler la mise en œuvre de son projet pour mieux associer l'ensemble de ses partenaires. On a beaucoup reproché à ce courant de n'être que dans la verbalisation et très peu dans l'action. En général, les praticiens de l'explicite recourent également à l'individuelle *(voir page précédente)*.

La différenciée

Pour se développer, il est nécessaire de multiplier ses pratiques et de trouver ainsi la voie la plus favorable pour atteindre son épanouissement. Si chaque parcours est différent, le but ultime est de trouver le point C. C comme compétences.

L'hypothético-déductive

À l'opposé de la frontale *(voir ci-dessous)*, cette position joue la carte de la participation de tous. Elle invite les partenaires à donner leur avis, à émettre des hypothèses, à les vérifier lors d'expériences puis à travailler sur des affiches pendant des heures. Les critiques reprochent la surabondance de préliminaires pour un résultat qui, au final, sera toujours le même.

La frontale

Franche, sans ambages, elle mène directement au but recherché. Elle est efficace pour donner des informations qui n'appellent pas de débat, mais montre toutes ses limites si un des partenaires a un doute qui l'habite.

Les phrases que tu n'as pas envie d'entendre le lundi matin à la photocopieuse

- Tu as commencé à remplir tes carnets ?
- Tu as eu Kevin Mougeot en classe ? Il était comment ? **Parce que làààààààààà**...
- Y a conseil d'école ce soir ?
- Pour les fermetures de classe t'as su ? Paraît qu'on est dedans.
- Y a le papa de Jason qui veut te voir. C'est pour une histoire de tache sur le tee-shirt.
- **Y A PLUS DE PAPIER A4 !!!**

- C'est toi de service ce matin ? Je dis ça parce qu'il n'y a personne à la grille.
- T'as fini de remplir tes carnets ?
- Il pleut. On fait l'accueil dans les classes ?
- La secrétaire de l'inspecteur vient d'envoyer un mail. T'es inspectée jeudi prochain.
- **Catherine est absente. On va répartir ses élèves.**
- Je suis en train de lire un livre sur la différenciation en lecture. Génial. Tu le veux ?

Micro caché : Que se racontent les profs pendant la récré ?

L'hiver, elle dure 10 minutes. Au printemps, largement 20 minutes. À partir du 15 juin, elle dépasse les 80 minutes par demi-journée. Les récréations sont pour les enseignants un lieu d'échanges pédagogiques sérieux… ou pas. Morceaux choisis en micro caché.

Ça fait qu'une semaine qu'on est rentrés. Vivement les vacances.

Yanis, refais ton lacet !

Boulette : j'ai félicité Madame Martin parce qu'elle était enceinte. Et en fait elle ne l'est pas.

T'as eu du monde à ta réunion parents-profs ?

Oui, 4.

Qu'est-ce qu'il y a, Yanis, t'es tombé ? Ce n'est pas grave, va chercher de la glace dans le frigo.

Comme d'habitude juste une sucrette, merci.

T'as vu le dernier album de Suzanne Blaum ? Il n'y a ni images, ni textes, tu verras c'est génial.

Yanis, tu le fais exprès ou quoi ? La glace c'était pour mettre sur la bosse, pas pour manger.

Aaron, à 8 ans, il ne sait toujours pas répondre à 1 + 1.

Pouf-pouf-ce-sera-toi-qui-sur-veil-le-ra-les-toi-lettes.

T'aurais pas de l'alcool ménager : j'ai écrit au marqueur indélébile sur le tableau blanc.

J'ai envie d'aller à la chorale comme j'ai envie de me pendre.

Mais-comme-le-roi-ne-le-veut-pas-ce-sera-toi-au-bout-de-trois-un-deux-trois.

Tu me prends Nolan après la récré ? Il s'est encore mouché dans les cheveux de Clara !

Ça te dirait qu'on aille visiter le musée du linge ?

Tiens, les parents de Juliette divorcent. Je m'en doutais : elle m'a dit que son père dormait sur le canapé depuis les grandes vacances.

J'ai les yeux qui piquent, je n'ai pas préparé ma classe. Hier soir, je suis allé à la soirée infirmière.

Eh les filles, ce soir il y a une conférence sur l'auto-socio-constructivisme, je nous inscris ?

Eh les gars, hier il y a Madame Varloteaux qui m'a demandé en ami. Sa photo de profil, c'est son mari en slip au camping.

Merde, rappelez les gosses, v'là l'inspecteur.

Tous les enfants de sa classe s'appellent Maélys

Ce fut une sacrée surprise pour cette jeune professeur des écoles nouvellement nommée. En parcourant la liste des élèves, elle découvre avec stupeur que tous les enfants de sa classe s'appellent Maélys.

« Au début, ce n'était pas simple, nous avoue Audrey L., jeune professeur des écoles stagiaires (PES), *je les confondais. Je prenais une Maélys pour une autre, et inversement. Et puis avec le temps, je m'y suis fait. »*

Il faut dire qu'en vraie professionnelle, notre jeune enseignante veille constamment à bien respecter chacune des individualités de la classe :

« C'est mon devoir de maîtresse. Je veille à la personnalité de chacun. Je sais que Maélys est une petite fille timide qui manque de confiance en elle. Un peu comme Maélys, qui fait beaucoup d'efforts pour aller vers les autres. Quant à Maélys, elle devrait faire des efforts pour bavarder moins. Elle travaille bien, mais quelle pipelette, surtout avec son amie Maélys ! Ce sont des enfants très gentils… certains ont de fortes personnalités, comme Maélys. Mais il faut juste savoir lui parler. C'est un garçon adorable. »

Heureusement pour Audrey, l'orthographe du prénom n'est pas la même pour tout le monde. L'enseignante parvient à s'y retrouver en distinguant les *Maélys*, *Maëlis*, *Maelisse*, *Maëlisse*, *Mahailisse* et *Mahéllisseu*.

Du côté de la mairie, cette étrange coïncidence semble amuser :

« Mireille du service état civil m'a fait remarquer il y a quelques années que beaucoup de parents dans le village avaient choisi ce prénom, se souvient Mireille Canazzo, maire de la commune. *C'était d'ailleurs le cas de mon chef des travaux Mireille, et de son épouse, Mireille, qui avaient retenu ce prénom pour leur fils. »*

« Cela n'affecte en rien ma passion pour mon métier, conclut Audrey. *C'est une année scolaire que je ne suis pas prête d'oublier. Et puis ça aurait pu être pire. Ils auraient pu tous s'appeler Bernard-Henry. »*

Ma maîtresse au supermarché

Comment une enseignante fait-elle ses courses au supermarché ? Parvient-elle à dissocier sa vie professionnelle et sa vie personnelle ? Se planque-t-elle derrière une tête de gondole quand elle croise une mère d'élève ? Nous avons suivi Sophie, 36 ans, heureuse maman de trois enfants, et maîtresse en CM1 à La Garenne-Colombes.

18 h 23 **Sophie arrive au rayon papier toilette.** Elle croise Hugo et sa maman. Bravant tous les interdits, elle décide quand même de poser le paquet de 12 rouleaux dans son chariot. Elle regarde fièrement son élève de CM1 droit dans les yeux, et lui déclare d'un ton péremptoire : ***« Eh oui, Hugo, la maîtresse n'est pas une princesse qui chie des paillettes. »***

18 h 27 **Rayon produits frais. Sophie anticipe la fête des Mères et achète 32 boîtes de camembert pour en faire de jolis coffrets à bijoux.**
Son mari, béatement, lui demande si cela est bien raisonnable. Ce à quoi Sophie répond sans ambages : ***« T'es pas enseignant : tu ne peux pas comprendre ! »***

18 h 45 **Rayon boissons. Sophie achète un pack d'eau gazeuse.** Elle croise Carole, une collègue remplaçante nommée à l'année en quartier difficile. Après 20 minutes de conversation sur les nouveaux programmes, la réforme du collège,

l'intégration des élèves dans une classe déjà surchargée et le pied bot de sa belle-sœur, Sophie décide de rajouter dans son chariot 2 bouteilles de rhum cubain et du sirop de sucre de canne.

19 h 05 **Sophie abandonne son mari au rayon presse. Elle s'adonne à son petit plaisir solitaire hebdomadaire.** Sensuelle, elle se dirige vers ce qu'elle appelle le « rayon interdit ». Faisant fi du regard des autres, elle prend le temps de choisir un à un, en les caressant du bout des doigts, les différents stylos rouges qu'elle utilisera cette semaine.

19 h 30 **Sophie et son mari passent à la caisse. Le montant des achats s'élève à 94,46 euros.**
Sophie tend un billet de 100 euros et demande à la caissière quel sera le montant du rendu. Elle exige un schéma, une opération en ligne et une phrase-réponse.

Même dans un supermarché, notre jeune maîtresse d'école ne peut s'empêcher de penser à sa classe et à ses élèves. Sophie est quelqu'un qui prend son métier très à cœur. Son mari ne le sait que trop. Nous lui laisserons d'ailleurs le mot de la fin : ***« Ma femme est maîtresse d'école, et parfois, je vous jure, c'est pénible. »***

Es-tu maîtresse de maternelle ?

Contrairement à ce que beaucoup de personnes pensent, enseigner à l'école maternelle n'est pas de tout repos. D'ailleurs es-tu une maîtresse de maternelle ? Pour le savoir, fais le test.

❶ Quand tu croises une collègue le matin, tu dis...

A. « Bonjour, il ne fait pas chaud ce matin. »
B. « Salut. Ça caille ce matin. »
C. « Coucou. Il fait seulement 3 degrés ce matin », en montrant avec les doigts.

❷ Quand tu croises ton directeur, tu lui demandes...

A. Si tu as encore quelques jours pour lui rendre les comptes de la coopé.
B. Si tu as encore quelques jours pour lui rendre les comptes de la coopé, en regardant navrée son pull polaire bleu. Car il n'y a vraiment que chez les directeurs d'école qu'on porte encore des pulls polaires bleus.
C. Si tu as encore quelques jours pour lui rendre les comptes de la coopé, mais en parlant très fort, et en ar-ti-cu-lant-bien-tous-les-mots...

❸ Quand tu accueilles les enfants, tu dis...

A. « Lola... Il faut dire bonjour le matin. »
B. « Lola... ce n'est pas parce que ton père te jette dans la classe sans dire bonjour que tu ne dois pas venir me faire un bisou, ma puce. »
C. « Dis donc, Lola, et le petit bonzour à la maîcresse ? »

❹ Quand tu rentres le soir à la maison...

A. Tu salues ta (ton) conjoint(e).
B. Tu embrasses ta (ton) conjoint(e).
C. Tu embrasses ta (ton) conjoint(e) sur le front et lui mouches le nez.

❺ Quand tu fais l'amour avec ton conjoint(e)...

A. Tu effleures délicatement ses lèvres.
B. Tu caresses délicatement sa poitrine.
C. Tu lui touches délicatement le sexe en chantant : « Jean petit qui danse, Jean petit qui danse. De son doigt il danse. De son doigt il danse... »

- ***Tu as un maximum de A :***
  Tu as beaucoup choisi la lettre A.
- ***Tu as un maximum de B :***
  Tu as beaucoup choisi la lettre B. Cette attirance pour une lettre aux formes arrondies révèle chez toi une forte envie d'être maîtresse de maternelle. On espère pour toi que tu aimes les danses folkloriques.
- ***Tu as un maximum de C :***
  Tu as beaucoup choisi la lettre C.

Peut-on demander les bulletins de salaire des parents pour faire une séance d'apprentissage jusqu'au chiffre 999 ?

Chère Jean-Mireille. Enseignante stagiaire, je suis toujours à la recherche d'idées pour associer mon enseignement des mathématiques à des situations de la vie quotidienne. Aussi puis-je demander à mes élèves de m'apporter un bulletin de salaire des parents ?

Audrey – Clermont-Ferrand

LA RÉPONSE DE L'EXPERT

Jean-Mireille est psychopédagogue, spécialisée dans les démarches didactiques transactionnelles.
Bref, elle donne beaucoup de leçons, mais elle n'a jamais su faire classe.
Voici sa réponse.

Chère Audrey. Le bulletin de salaire reste un document administratif à la discrétion de chacun. De plus, si vous enseignez dans les quartiers difficiles, certaines familles ne touchent même pas de revenus réguliers. ***Je vous conseille plutôt de faire évaluer puis comparer par les enfants le prix de leurs vêtements.***
Mais faites attention : de plus en plus d'élèves portent des baskets qui ne valent même pas 90 euros la paire.

Voilà. Bien à vous.

J.-M.

Es-tu prêt pour l'inspection ?

Moment de stress pour certains, instant d'échanges pour d'autres, la venue de l'inspecteur dans la classe reste un moment important dans la carrière d'un enseignant. Pour le savoir, fais le test.

❶ Où se trouvent vos fiches de préparation ?

A. Sur le bureau, à côté de mon cahier-journal.
B. Sur le bureau, à côté de cette petite boîte de chocolats qui vous est destinée, monsieur l'Inspecteur.
C. Sur Internet. Vous tapez « fiches de prep CE2 » dans Google.

❷ Où se trouve votre emploi du temps ?

A. Sur le bureau, à côté de mon cahier journal, et de mes fiches de préparation, monsieur l'Inspecteur. Souhaitez-vous que je trie les chocolats pour vous éviter de tomber sur ceux avec de l'alcool dedans ?
B. Celui de l'année dernière est encore affiché. J'ai bon ?
C. J'individualise tellement mes apprentissages qu'un emploi du temps ne correspond pas à mon organisation pédagogique.

❸ Citez-moi le nom d'un élève et dressez-en un bilan.

A. Maxime. Un enfant vif, pertinent. Vous avez un neveu formidable, monsieur l'Inspecteur.

B. Jeff. Forcément. Le meilleur. Jeff de Bruges. Une très bonne marque de chocolats, vous ne trouvez pas ?
C. Cela fait seulement trois mois que j'enseigne dans cette classe. Je ne connais malheureusement pas encore les prénoms.

❹ Comment utilisez-vous les outils numériques en classe ?

A. Pas aussi bien que vous, monsieur l'Inspecteur.
B. Chaque enfant a sa tablette, et toutes mes séances d'apprentissage sont animées avec le TNI. Nan, je déconne, on n'a pas une seule tablette. Il doit nous rester une Ardoise magique dans une armoire.
C. Perso, j'ai une tablette qui marche pas mal. En général, je vais sur Facebook quand les gamins font leurs exercices. Pourquoi, vous voulez me demander en ami ?

❺ Quelles sont vos demandes en formation ?

A. Puisque vous me posez la question, j'ai monté une activité de colliers en pâte polymère, et ça commence à marcher. C'est possible d'avoir une formation pour apprendre à fixer la tige à bijou ?
B. Efcusez-moi, mais v'ai du focolat qui colle au palais.
C. Très honnêtement, j'aimerais beaucoup savoir faire un nœud de cravate aussi parfait que le vôtre, monsieur l'Inspecteur. C'est superbe, magnifique.

- ***Tu as un maximum de A :***
Tu as beaucoup choisi la lettre A.

- ***Tu as un maximum de B :*** Tu as beaucoup choisi la lettre B. Cette attirance pour une lettre aux formes arrondies révèle une forte ambition professionnelle : la fonction d'inspecteur est faite pour toi.

- ***Tu as un maximum de C :***
Tu as beaucoup choisi la lettre C.

Je suis la maîtresse de ma fille

Je suis maîtresse d'école en CP. Cette année, j'ai été obligée de prendre ma fille Lison dans ma classe. Ça ne se passe pas très bien. Elle ne parvient pas à faire la part des choses, et défie souvent mon autorité. Elle a un comportement pénible, autant à l'école qu'à la maison. Je la sens complètement désorientée. Que puis-je faire ?

Valérie – Saint-Étienne

LA RÉPONSE DE L'EXPERT

Jean-Roger est psychologue, psychiatre et chauffeur routier. Il consulte régulièrement sur la RN60, à hauteur de Courtenay. Voici sa réponse.

Vous demandez à votre petite Lison d'être à la fois votre fille et votre élève. Difficile pour elle de trouver son équilibre. Ceci peut donc expliquer son comportement pénible. Pour ne pas trop perturber sa scolarité, surtout qu'elle est en CP, ***faites une demande de placement auprès des services sociaux.*** *Veillez à ce que Lison soit placée dans un foyer paisible, pas trop loin de chez vous. Ceci permettra d'assainir les relations avec votre fille en classe. Vous pourrez bien sûr la récupérer à la fin de l'année scolaire... si toutefois elle vous manque.*

Voilà. Bisous bisous.

J.-R.

Une enseignante accusée d'avoir transmis un savoir

Une professeur des écoles est accusée d'avoir répondu à une question d'un élève, et donc de transmettre un savoir de manière descendante. Si l'accusée nie abuser de ce genre de pratique, tout porte à croire qu'elle serait coutumière du fait.

***Poitiers.* Les accusations sont graves. Elles émanent d'un élève qui a raconté l'événement à ses parents.** Séverine, enseignante dans une classe de CE2, aurait directement répondu à la question d'un enfant qui lui demandait, lors d'une séance de géographie, comment s'appelle le fleuve qui traverse Paris. « *Il s'agit de la Seine* », aurait répondu la maîtresse, sous le regard apeuré des élèves, encore sous le choc aujourd'hui.
Bravant tous les interdits, Séverine M., 43 ans, a donné la réponse sans prendre le temps de mettre en place un dispositif sociocognitif. À aucun moment, les apprenants n'ont eu la possibilité de confronter leurs savoirs et de construire collectivement la réponse.

« *Un enseignant est là pour apporter des connaissances, mais surtout pas dans un modèle transmissif,* déclare le conseiller pédagogique chargé du dossier. *Ce n'est quand même pas compliqué d'instaurer une démarche hypothético-déductive où les élèves, répartis en 2 groupes hétérogènes, produisent une affiche. Ces traces écrites ainsi réalisées auraient été le support d'un*

débat permettant de valider une réponse se situant entre la rétrodiction et la prédiction. »
Ce ne serait pas la première fois que la jeune femme agit de la sorte. Selon des témoignages anonymes, elle aurait par le passé expliqué la différence entre deux homonymes grammaticaux dans une démarche purement directive. Encore un drame quotidien du refus de la pédagogie.

The Walking Dead arrive en CP

Les éditeurs rivalisent d'ingéniosité pour publier la méthode de lecture qui sera le succès de ces prochaines années. Voici en avant-première quelques extraits d'un nouveau manuel de CP à paraître prochainement : « J'apprends à lire avec The Walking Dead. »

Des morceaux de zombie se cachent dans cette image. Retrouve-les et écris leur nom. Il y a un ...., un ...., et une ....

J'apprends une poésie.

.... Mon père est parti le premier
Par ces monstres sauvagement dévoré
Blanche, il ne reste de lui qu'une main
Que peut-être je mangerai si j'ai faim

Ma mère, pourtant si bonne conseillère
Femme protectrice et grande guerrière
À ces rôdeurs a su échapper
Mais par une Ford Fiesta fut écrasée

À mon tour un zombie me mord
M'assurant un aller vers la mort
Rose, ça n'a jamais été pour moi
Petit à petit je me décompose

Tu étais mon chien
Je ne suis plus ici
La vie est une chienne
La mort pleine de zombies

Je connais des mots avec le son [ɛ] :

La main.

Il est coquin.

Ce qui t'attend pendant les vacances

Tu le sais mieux que quiconque, les vacances d'un enseignant sont certes régulières, mais peu oisives. Revue de détail de tes occupations pendant les congés.

- **Corriger les rédactions.**

  2 heures

- **Chercher ta séance de lecture** sur l'album *Maintenant, Papa s'appelle Valérie* qui doit être quelque part sur une clé USB.

  3 heures

- **Retrouver ces put**... **de factures** pour la coopé.

  2 heures

- **Encore corriger les rédactions.**

  2 heures

- **Dire à tes enfants de se taire** parce que « *du bruit j'en ai toute l'année dans ma classe* » !

  2 heures

- **Refaire sa progression en lecture.**

11 heures

- **Toujours corriger ces put... de rédactions.**

3 heures

- **Comprendre comment répartir 10 heures de maths sur 9 demi-journées.**

10 heures

- **Faire les statistiques du cahier de présence.** **43 heures**

- **Découper des silhouettes dans du carton** pour préparer le marché de Noël.

9 heures

- **Dire à ton mari de se taire** parce que « *du bruit j'en ai toute l'année dans ma classe* » !

18 heures

- **Refaire ta séance de lecture** sur l'album *Maintenant, Papa s'appelle Valérie*.

2 heures

- **Allumer un feu** dans le jardin et brûler les copies à corriger.

15 heures

Peut-on parler pédagogie le premier soir ?

Bonjour Jean-Roger. Je suis enseignante en CP. Vendredi, Baptiste, un collègue, est venu remplacer ma collègue. On s'est bien entendus. Tellement bien qu'il m'invite au restaurant. Il me plaît beaucoup, et je crois que je lui plais aussi. Pensez-vous, Jean-Roger, que l'on peut parler de nos pratiques respectives dès le premier soir ?

Adeline – Montpellier

LA RÉPONSE DE L'EXPERT

Jean-Roger est psychologue, psychiatre et chauffeur routier. Il consulte régulièrement sur la RN60, à hauteur de Courtenay. Voici sa réponse.

Adeline, le plus important dans la vie est d'écouter son cœur, et de se protéger. Laissez parler votre collègue de ses propres expériences : comment construit-il ses progressions ? Exploite-t-il réellement son évaluation diagnostique ? De votre côté, conservez une part de mystère. Argumentez sur le choix de votre méthode de lecture. Mais n'allez pas trop loin. Ne rentrez pas dans la différence entre spiralaire et curriculaire. Vous aurez tout le temps d'échanger sur tous ces points quand votre couple sera solide, le soir, après la classe.

Et puis si ça ne colle pas entre vous, rejoignez-moi sur le parking. Garez-vous devant mon camion et faites-moi deux appels de phare.

Voilà. Bisous bisous.

J.-R.

Inspecté cette année ou pas : le jeu des 7 différences

Tous les trois ans en moyenne, l'inspecteur vient te rendre visite. Une étude montre d'ailleurs que c'est précisément lors de cette année que tu es plus vigilant sur certains aspects administratifs ou pédagogiques. Ce tableau apporte un éclairage très précis sur ce point.

	INSPECTÉ	PAS INSPECTÉ
L'affichage administratif	Il concerne notamment les consignes de sécurité.	Y a une affiche avec mon nom sur la porte. J'ai bon ?
L'affichage pédagogique	Il constitue une aide pour les élèves : alphabet, règles de grammaire, listes de mots, carte du monde, etc.	Y a une affiche de *Deadpool*. J'ai bon ?
Le registre d'appel	Il fait un état quotidien des présences et absences des élèves. Il est visé mensuellement par le directeur et fait l'objet de bilans statistiques précis.	Quelqu'un connaît la formule pour calculer le taux de présence ?

	INSPECTÉ	PAS INSPECTÉ
L'emploi du temps	Il présente la répartition hebdomadaire des matières.	Il est dans le tiroir. Celui de gauche normalement.
Le cahier-journal	Il présente les séances d'enseignement menées quotidiennement en classe.	Il présente les activités quotidiennes au regard du temps qu'on a eu pour les préparer.
Les cahiers de l'élève	Ils sont la trace des savoirs abordés en classe, et constituent une mémoire pour chacun. Ils sont corrigés chaque jour.	Ils sont la trace des savoirs abordés en classe, et constituent une mémoire pour chacun. Ils sont corrigés parfois.
Le casier de l'élève	Il contient l'ensemble des manuels, cahiers et outils de l'élève.	Il est un ramassis de feuilles pliées, de vieux objets de Noël pas terminés et de biscuits moisis. Bref, c'est autant le bordel que dans ton cartable.

Es-tu un bon parent d'élève ?

Tu souhaites que tes enfants réussissent à l'école pour qu'ils puissent être médecin, avocat ou patron du MEDEF ? Te donnes-tu les moyens de les aider ? Pour le savoir, fais le test.

❶ Vérifies-tu le cahier de devoirs de ton enfant ?

A. Non, car j'estime qu'il doit apprendre à se gérer tout seul.

B. Oui, et nous le faisons chaque dimanche au retour de la messe avec mon épouse.

C. Oui, et cela me permet d'avoir avec la maîtresse un échange épistolaire à la manière de George Sand et Alfred de Musset.

❷ Vas-tu aux réunions parents-profs ?

A. Non, car mon emploi du temps ne me le permet pas.

B. Oui, car la coéducation commence par une relation de qualité entre parents et enseignants.

C. Oui, et j'en profite pour admirer la maîtresse qui est aussi belle qu'Emmanuelle Béart (période *Manon des sources*). Maintenant je suis moins fan.

❸ **Fais-tu un cadeau au professeur à la fin de l'année ?**

A. Non, car cela incombe à sa mission de service public d'enseigner à nos enfants.
B. Oui, ainsi qu'aux dames de la paroisse qui enseignent le catéchisme.
C. Oui. J'offre deux places pour l'Opéra, en espérant secrètement pouvoir être son cavalier d'un soir.

❹ **Achètes-tu la photo de classe de ton enfant ?**

A. Non, mais je photocopie celle de notre petit voisin qui est dans la même classe.
B. Oui, car cela contribue à la vie de l'école, et au financement de ses activités.
C. Oui, et j'achète également un portrait de la maîtresse en souvenir.

❺ **Participes-tu aux activités organisées par les parents d'élèves ?**

A. Non, car je n'ai pas le temps.
B. Oui, car toute implication associative ne peut générer que partage et amour envers son prochain.
C. Oui, car j'aime l'environnement scolaire, et j'ai toujours rêvé de pénétrer le corps enseignant.

Tu as un maximum de A :
Tu as beaucoup choisi la lettre A.

Tu as un maximum de B :
Tu as beaucoup choisi la lettre B. Cette attirance pour une lettre aux formes arrondies révèle une forte ambition personnelle. Présente-toi vite aux élections de parents d'élèves.

Tu as un maximum de C :
Tu as beaucoup choisi la lettre C.

Comment capter l'attention des élèves ?

Bonjour Jean-Mireille. Je suis enseignante en CE2 et je constate, au fil de mes 15 ans d'expérience, que mes élèves ont de plus en plus de mal à se concentrer. Comment puis-je agir en tant qu'enseignante ?

Sandra – Clermont-Ferrand

LA RÉPONSE DE L'EXPERT

Jean-Mireille est psychopédagogue, spécialisée dans les démarches didactiques transactionnelles. Bref, elle donne beaucoup de leçons, mais elle n'a jamais su faire classe. Voici sa réponse.

Chère Sandra. La multiplicité des écrans a une réelle influence sur le comportement des enfants. Ceci explique en partie leur attention moindre. Nous, éducateurs, parents, spécialistes de l'enfance, devons apprendre à maîtriser l'impact de ces outils numériques. En classe, un enseignant doit imaginer de nouveaux dispositifs pédagogiques pour mobiliser cognitivement ses élèves. **Par exemple, pour introduire votre séance de mathématiques, vous pouvez vous déguiser en Dora, l'exploratrice, et expliquer le sens de la soustraction** *en criant :* « Chipeur, arrête de chiper. » *Vous gagnerez en efficacité ce que vous perdrez en dignité humaine.*

J.-M.

Les raisons pour lesquelles tu n'enseigneras jamais en maternelle

- **Tu ne parles pas assez fort.**

- **Tu n'aimes pas faire des bisous le matin.**

- **Tu trouves l'enjeu dramatique de *La chenille qui fait des trous* assez mince.**

- **Tu n'aimes pas chanter.** Ou alors si, mais bourré, dans un festival, en montrant ton cul.

- **Tu n'aimes pas qu'on te touche avec des doigts pleins de peinture.**

- **Tu n'aimes pas La Vache qui rit à 10 heures du matin.**

- **Tu trouves que les histoires d'éléphants de toutes les couleurs c'est trop psychédélique pour toi.** Pas ton délire. Ou alors si, mais bourré.

- **Tu ne connais pas tous les noms de tes doigts.**

- **Tu n'as pas envie qu'on t'appelle Maîcresse.** Putain Maîcresse, sérieux. Ta mère elle connaît pas un bon orthophoniste ?

- **Tu n'as pas envie de raconter des histoires avec des loups.** Tu as fait des études. Tu as quelques notions de psychologie. Tu n'as pas envie de mentir aux enfants.

Une belle histoire de Noël

Racontez un joli conte de Noël, puis distribuez le document suivant aux élèves.

Réponds aux questions suivantes en écrivant une phrase.

1. **Est-ce que tu crois au Père Noël ? Pourquoi ?**

2. **Aimerais-tu que tes parents divorcent pour avoir plus de cadeaux à Noël ?**

3. **Connais-tu d'autres exemples de mensonges inventés par les adultes ?** (Exemple : la mort d'Elvis Presley.)

Coucou, je m'appelle Léa.
Ma maman est maîtresse d'école.
Viens jouer avec moi. Nous allons apprendre des tas de choses.

Je m'entraîne

La maîtresse est en week-end. <u>Entoure les 7 mojitos qu'elle va s'envoyer dès ce soir</u>.

8 modèles de réponse à des lettres de parents

Pour te faire gagner du temps, voici quelques modèles de réponse aux courriers de parents que tu reçois chaque jour.

Mot des parents

Madame,
Je vous informe que mon fils Enzo a été malade toute la nuit et a vomi ce matin. Je vous le mets quand même, vous pouvez m'appeler si ça ne va pas. Cordialement.

Réponse du prof

Madame, vous avez bien fait.
Vous pouvez également me fournir votre Carte vitale : je me ferai un plaisir d'aller récupérer ses médicaments à la pharmacie.

Mot des parents

Madame,
Je vous informe que demain je viendrai chercher Louis à 14 h 30 car il a un rendez-vous chez l'orthophoniste.
Cordialement.

Réponse du prof

Madame,
J'avais en effet noté que Louis confondait des sons proches quand il m'a expliqué que son papa se jetait une « pierre » à l'apéro.
Bien à vous.

Mot des parents

Madame,
Anne-Charlotte est rentrée hier avec son pashmina souillé d'encre. Je me vois dans l'obligation de vous faire parvenir la note de pressing.
Dans l'attente de votre retour.

Réponse du prof

Madame,
J'ai bien pris note de votre courrier. N'ayant qu'un salaire de professeur des écoles, serait-il possible de m'établir un échéancier sur 10 mois ?
Dans l'attente de votre retour.

Mot des parents

MADAME,
NOUS PARTONS SKIER À COURCH, DU 7 AU 23 JANVIER. SIMON-PIERRE SERA BIEN ÉVIDEMMENT ABSENT. POURRIEZ-VOUS LUI PRÉPARER SES DEVOIRS ?
BIEN À VOUS.

Réponse du prof

Madame,
Je préparerai les devoirs de Simon-Pierre, je viendrai également le matin de votre départ charger les bagages dans votre Q7. Pendant votre absence, j'arroserai les plantes de votre jardin d'hiver et je nettoierai la piscine. Bien cordialement.

Mot des parents

Madame,
Suite à un décès dans notre famille, je vous informe que Hakan sera absent demain toute la journée. Bien cordialement.

Réponse du prof

Madame,
Je suis désolée d'apprendre cette nouvelle et vous prie d'accepter mes sincères condoléances.
P.-S. : Est-ce que le kebab sera quand même ouvert demain ?

Mot des parents

Madame,
Ma fille Lisa elle a pas compris ce qu'il fallait qu'elle fait comme devoir en grammaire.
Merci.

Réponse du prof

Tu m'étonnes.

Mot des parents

MADAME,
JE VOUS INFORME QUE MA FILLE SUE ELLEN VIENDRA CHERCHER SES FRÈRES, BRANDON, HORATIO ET DEXTER.

Réponse du prof

Madame,
Auriez-vous la saison 4 en VOSTFR de *Game of Thrones* ?

Mot des parents

Madame,
Yassim n'a pas pu apprendre sa table des 5, car nous sommes rentrés tard hier soir.
Merci de nous en excuser.

Réponse du prof

Monsieur,
Yassim est tellement performant en classe, que je ne me suis aperçu de rien. Mais si vous le souhaitez, je peux lui donner des cours particuliers, à titre bénévole, cette semaine.
Je vous prie de recevoir, Monsieur l'Inspecteur, mes salutations distinguées.
P.-S. : J'ai adoré votre intervention à la réunion de rentrée.

Faut-il fêter les anniversaires de tous ses élèves ?

Bonjour Jean-Mireille. Je suis enseignante en CP et je dois travailler la structuration du temps. Pour ce faire, nous avons mis en place un calendrier des anniversaires. Mais cela nous oblige à faire des goûters presque toutes les semaines. Comment puis-je m'organiser ?

Laetitia – Gardanne

LA RÉPONSE DE L'EXPERT

**Jean-Mireille est psychopédagogue, spécialisée dans les démarches didactiques transactionnelles.
Bref, elle donne beaucoup de leçons, mais elle n'a jamais su faire classe.
Voici sa réponse.**

Chère Laetitia. Le volume horaire n'étant pas mouvant, je vous invite à jouer la carte de l'auto-socio-constructivisme. Pour parler comme vous, regroupez certains anniversaires à la même date. Ainsi les enfants partageront ensemble ce moment rituel. Deuxième solution, optez pour le néolibéralisme. ***Ne fêtez que les anniversaires des élèves dont les parents gagnent au minimum un salaire annuel avoisinant les 80 K€.*** *Si vous n'avez pas connaissance des revenus familiaux, demandez au préalable le contenu du goûter. Si vous trouvez dans le panier, un quatre-quarts pur beurre et du jus d'orange coupé à l'eau achetés chez le discounter du coin, refusez immédiatement.*

Voilà. Bien à vous.

J.-M.

Les questions que tu ne poseras pas sur les groupes Facebook pour les profs

Les enseignants partagent et s'entraident sur Facebook. Une belle solidarité professionnelle qui a ses limites. On ne peut pas tout demander non plus.

- *« Je suis enseignante en maternelle. L'année prochaine, je dois décloisonner en cycle 3 pendant la sieste. Est-ce que quelqu'un a déjà testé l'album* Petit ours brun a fait dans le pot *avec des CM2 ? »*

- *« Un de mes élèves vient de se tordre la cheville pendant ma séance d'E.P.S. Il pleure et il me dit qu'il a mal. Ça enfle. Je fais quoi ? »*

- *« J'adore les nouveaux rythmes scolaires. Je trouve que c'est vraiment adapté aux enfants, aux familles et aux enseignants. En plus, les animateurs du périscolaire travaillent avec beaucoup de moyens et bénéficient d'un vrai statut social et d'une vraie reconnaissance publique. Et vous ? Qu'en pensez-vous ? »*

- *« Hier on est revenu avec mes CE1 d'une classe découverte au Futuroscope. Est-ce que quelqu'un habite du côté de Poitiers ? Je ne retrouve plus Alban. La dernière fois qu'on l'a vu c'était près de la gare. »*

- *« Demain je passe le concours de prof d'école pour la neuvième fois. Souhaité-moi bonne chance. Si vous avé des conseil, je suis preneure. »*

- *« Hier nous sommes allés à La Rondelle, un club à côté de Melun. Le feeling est bien passé avec un couple qui est également libertin. Malheureusement, c'est quand il a enlevé son masque que je l'ai reconnu. Quelqu'un parmi vous s'est-il déjà fait fesser par son inspecteur de circonscription ? »*

- *« La maman de mon petit Titouan m'a apporté un panier avec du gâteau et des jus de fruits pour son anniversaire. Malheureusement, elle a confondu les bouteilles d'orangeade avec celles de punch au rhum blanc. Quelqu'un parmi vous a-t-il déjà été accusé par ses parents d'élèves d'avoir saoulé toute sa classe de grande section ? »*

- *« Aujourd'hui, pour fêter les vacances de Noël, j'ai montré le film* Ted *à mes élèves de CP. Je ne l'avais pas regardé avant. Quelqu'un sait il comment obtenir sa mutation pour une autre académie très rapidement ? »*

Je suis ado et je m'inquiète pour ma mère

Je m'appelle Quentin et j'ai 14 ans. Mes parents ont divorcé il y a deux ans. Depuis je vis surtout avec ma mère. Elle est souvent triste, mais elle fait tout pour le cacher : elle prend soin d'elle, elle est toujours bien habillée et ne se laisse pas aller. En plus, c'est une très belle femme, très séduisante, qui plaît beaucoup aux hommes. Mais je sens bien qu'elle a besoin d'être aimée et protégée. Comment puis-je lui parler ?

Quentin – Strasbourg

LA RÉPONSE DE L'EXPERT

Jean-Roger est psychologue, psychiatre et chauffeur routier. Il consulte régulièrement sur la RN60, à hauteur de Courtenay. Voici sa réponse.

Sérieux ? Elle est célib ? File son 06.

Voilà. Bisous bisous.

J.-R.

Fais de ta vie de prof une vie de star

Tu es prof. Dans ton métier, tu surveilles dans le froid des enfants qui se battent dans la cour de récréation, puis tu donnes des leçons d'orthographe à une classe endormie. Bref, tu en baves toute la journée. Pas de panique : transforme à chaque instant ta vie de prof en vie de star. Comment ? Voici nos astuces.

L'arrivée en classe

Tu fais entrer tes élèves. Tu attends le silence, puis tu leur demandes de s'asseoir calmement.

MAIS NON ! **Laisse tes élèves s'installer dans la classe, puis déboule de façon théâtrale devant le tableau,** ce qui provoquera des applaudissements nourris. Remercie-les pour cet accueil chaleureux, puis commence ton cours de mathématiques après avoir ramassé les fleurs (en crépon, piquées à la garderie) qui jonchent le sol.

La réunion avec les parents.

Tu réunis les parents de tes élèves pour leur expliquer les consignes relatives à l'organisation de l'établissement, puis évoquer les projets pédagogiques en cours.

SURTOUT PAS. **Organise une conférence de presse : demande à chaque parent de s'installer sur une chaise face à ton estrade,** et donne la parole telle Monica Bellucci au Festival de Cannes. Précise qu'il est interdit de prendre des photographies pendant ton intervention. Régulièrement, tapote ton micro pour vérifier son bon fonctionnement.

La photo de classe

Tous tes élèves autour de toi grimacent devant un photographe frustré de ne pas être Henri Cartier-Bresson.

TU ES FOLLE MALHEUREUSE ! **Dandine-toi dans la cour, accompagnée de quelques élèves.** Demande à Élise, une copine à toi qui se croit photographe de mariage parce qu'elle a pris quatre pauvres clichés aux noces de sa cousine, de te shooter en secret. Porte plainte contre elle le lendemain, et exige une publication judiciaire dans le journal de l'école pour atteinte à la vie privée.

La cantine

Tu manges un hachis parmentier servi sur un plateau en plastique pendant que 4 animatrices en charlotte réclament le silence en criant.

QUE NENNI. **Tu appelles la restauration scolaire la veille pour réserver la meilleure table.** Tu t'y rends accompagnée d'Isabelle, maîtresse des petites sections, pour un déjeuner d'affaires très important. En effet, vous préparez en secret un projet *contes bretons et danses folkloriques alsaciennes* pour la kermesse.

Le livret scolaire

Tu dois remplir à la fin de chaque période un carnet de notes. Tu te tapes des soirées devant la télé à remplir des colonnes et des cases.

TU N'Y PENSES PAS ?! **Invite les parents à venir te rencontrer dans ta classe, où tu distribueras des autographes** et où chacun de tes élèves pourra être pris en photo avec toi. Cette nouvelle formule de la rencontre parents-profs sentira bon le tapis rouge des Oscars. Tu n'es plus professeur, tu es une star.

ParentsProfs
N° 99
SEXE
Réveiller le désir après une réunion parents-profs
PRATIQUE
Faire semblant de surveiller la récréation
TEMPS LIBRE
Que faire pendant ses 7 mois de vacances par an ?
TÉMOIGNAGE
« Mon enfant ne veut pas aller à l'école »
Le douloureux récit de la mère d'un directeur d'école de 54 ans

Pendant ce temps, sur Facebook

Ophélie Bridiou

05 juillet à 17 h 56

Qui veut passer à la maison ce week-end ? C'est dégustation de chocolats !

J'aime Commenter Partager

Vous et 1 autre personne aimez ça

Éric Baforge Ça sent les cadeaux de fin d'année ça...

Ophélie Bridiou Tu m'étonnes. J'ai reçu 17 boîtes de chocolats en cadeau hier. Tous les ans c'est pareil. Depuis que je suis maîtresse, je prends 3 kilos par an.

Éric Baforge Oh la vache tu dois avoir au moins 15 ans d'ancienneté toi, non ?

Les manteaux de la jovialité

Réjent Bissonnette est enseignant-formateur en cinquième primaire à l'école Ginette Reno de Mont-Tremblant au Québec. Il expérimente une méthode bienveillante mais exigeante pour gérer les élèves difficiles. Explications.

« J'ai inventé les manteaux de la jovialité pour apporter une réponse différente à la prise en charge des enfants quelque peu taquins ». Cet heureux professeur quinquagénaire nous reçoit avec bonhomie dans sa jolie salle de classe. Profond humaniste, président de l'association des Pédagogues Optimistes du Québec, Réjent défend avec passion sa méthode positive : *« Le principe des manteaux de la jovialité est simple. En début de journée, demandez à un enfant qui a des troubles comportementaux d'enfiler 10 manteaux. Expliquez-lui que chaque manteau représente une enveloppe de confiance et de bienveillance. Au fil de ses incivilités, ôtez-lui-en un. »* Un procédé qui pourrait sembler gadget, mais qui a fait ses preuves. Notre enseignant québécois, chiffres à l'appui, nous vante les bienfaits de cette approche atypique : *« 86 % des professeurs appliquant les manteaux de la jovialité sont plus que satisfaits. Tous ont constaté qu'un enfant porteur de plusieurs manteaux est incapable de bouger et donc ne constitue plus un danger pour les autres. »*

*Coucou, je m'appelle Léa.
Ma maman est maîtresse d'école.
Viens jouer avec moi. Nous allons
apprendre des tas de choses.*

Je lis des étiquettes

Entoure en rouge ce que la maîtresse va attraper durant l'année scolaire.

Entoure en vert ce que la maîtresse ne va pas attraper durant l'année scolaire.

un rhume

une augmentation

la gale

un collègue bogoss

une gastro

une grippe

Ces sorties scolaires où tu as envie de mourir

Plusieurs fois par an, tu quittes ton école pour emmener tes élèves à la piscine, au stade ou à la patinoire. Mais parfois c'est pire. Tu vas à...

- **La ferme pédagogique de Beaulieu-en-Thiérache**
  Tu es accueilli par Didier et sa femme Évelyne. Tous deux vont inviter les enfants à faire cuire du pain et à nourrir les moutons. Pendant que tes élèves s'émerveillent sur les joies de la campagne, tu n'as qu'une envie : respirer à pleins poumons un pot d'échappement.

- **Le centre de tri sélectif de Crépy-sur-Saône**
  Tu es accueilli par Laetitia, ancien contrat emploi-jeune qui a été pérennisé parce qu'elle est la nièce du président de la communauté de communes. Elle propose aux élèves de trier les emballages, alors que toi à la maison, tu ne fais pas la différence entre les épluchures et les bouteilles en plastique.

- **Le musée de l'artisanat et des arts populaires de Pouru-Grandjean**
  Tu es accueilli par Marguerite, enseignante à la retraite et bénévole à « Amitiés sans frontières ». Elle explique à tes élèves la différence entre la dentelle de Douvres et la dentelle de Calais. Tu profites de ce débat passionnant

pour envoyer un SMS au chauffeur de bus et lui demander de venir une heure plus tôt.

Le spectacle de Philippe Galou, chanteur pour enfants
Tu es accueilli par son attachée de presse, Marie, qui se trouve être la femme de ce chanteur mondialement connu dans son quartier. Philippe Galou fait reprendre par le public le refrain de son célèbre tube *Les radis sont nos amis*. Le seul problème c'est que les élèves sont en CM2 et que tu ne comprends pas pourquoi ton directeur t'a envoyé ici.

Le cirque éducatif de Tourly
Tu es accueilli par Bozo, fondateur du cirque Dacosta, et accessoirement ton ex. Bozo propose à tes élèves une initiation à la jonglerie. Et c'est au moment où il se prend une tarte à la crème en plein visage que tu es satisfaite de ne plus être en couple avec lui.

VOS RÉUNIONS NE SERONT PLUS JAMAIS LES MÊMES GRÂCE À…

OREILL'UNION

Préparation de la kermesse, organisation du marché de Noël, conférence de l'inspecteur : certaines réunions vous ennuient profondément ?

Utilisez Oreill'union !

Ces réducteurs de bruit, à la fois **discret** et **glam**, **vous isoleront du monde et vous permettront de :**

- → corriger vos cahiers ;
- → écrire votre liste de courses ;
- → organiser votre soirée entre amies ;
- → changer votre photo de profil sur Facebook ;
- → finaliser votre commande sur lingeriesdoccasion.fr.

Oreill'union existe en plusieurs coloris et en plusieurs parfums*.

3,50 €
la paire

* *Usage différent. (Voir mode d'emploi.)*

Ton enfant fête son anniversaire à l'école : des idées pour tout changer

L'enseignant de ton petit dernier a accepté que tu organises son anniversaire en classe. Comment rendre inoubliable ce moment d'émotion avec ses petits camarades ? Nos trouvailles.

Une crêpe party !

Exit les gâteaux d'anniversaire avec les bougies au milieu. Osons les crêpes et les pancakes. Tout le monde sera enchanté. Sucre, confiture, pâte à tartiner : chacun garnira selon ses envies. Et si tu n'aimes pas l'enseignant de ton enfant, remets-lui simplement un panier avec les ingrédients : il lui reviendra d'improviser un atelier cuisine avec 28 élèves.

Porte-monnaie : €

Brunch and kids

Pas envie de faire comme les autres parents qui achètent des sachets de bonbons à la dernière minute ? Opte plutôt pour la formule *Brunch and kids*. Cette jeune start-up parisienne fait venir un *food truck* dans la cour de récréation. Les élèves pourront y choisir des cookies, des brownies et autres cupcakes à l'effigie de leurs personnages favoris. Compte en moyenne 35 euros par personne. Si cela te semble trop cher, demande une participation aux parents des enfants. S'ils ne peuvent pas payer, dis-leur d'apporter un paquet de biscuits secs. L'école se doit, en effet, de les préparer à la vie future. Les inégalités entre riches et pauvres en font partie intégrante.

Porte-monnaie : € € €

L'indémodable tarte aux pommes

Back to basic. Simple, sans artifices, la tarte aux pommes accompagnée d'un verre de lait bio, sans conservateurs, sans additifs, casher, hallal et issu de la traite du jour ravira même les plus exigeants. C'est le goûter idéal pour fêter des anniversaires en classe, et pourquoi pas des examens comme le bac français. Si tu passes ta matinée à cuisiner des tartes aux pommes pour ton fils et ses amis du lycée, appelle un psychiatre. Demande-lui si tu n'entretiens pas une relation œdipienne avec ton enfant.

Porte-monnaie : € €

Le verre d'eau

Un peu d'eau dans un gobelet : cela peut sembler minimaliste, voire même radin. Pas du tout. Ce goûter répond exactement aux problématiques sociétales actuelles. À savoir : l'obésité infantile, les caries précoces, l'opulence de la société de consommation, les fins de mois difficiles, les pesticides ainsi que les allergies au gluten ou à l'arachide. Les élèves te reprocheront peut-être l'austérité du moment, mais ce n'est rien à côté de tous les aspects positifs : plus de miettes sur les tables, plus de jus d'orange renversé et plus de remarques négatives à l'enfant mal élevé qui mange avant les autres.

Porte-monnaie : €

L'assortiment de verrines sucrées

À préparer soi-même ou à commander chez son pâtissier préféré, tu es sûr de ravir les enfants de la classe. Prévois 3 à 4 verrines chacun, sans oublier les enseignants et personnels de l'école. Si tu es un peu court niveau budget, adopte notre astuce *Crise de foi.* Demande à la maîtresse de ton enfant si tu peux organiser l'anniversaire pendant le carême, le ramadan ou Yom Kippour : ce sera toujours quelques bouches de moins à nourrir.

Porte-monnaie : € €

Pendant ce temps, sur Facebook

Maîcresse Valou Bloggeuse

01 août à 14 h 50

Coucou ! Voici une version modifiable de ma répartition des compétences en français et mathématiques pour le cycle 2. Je propose des projets interdisciplinaires pour chaque domaine d'apprentissage.

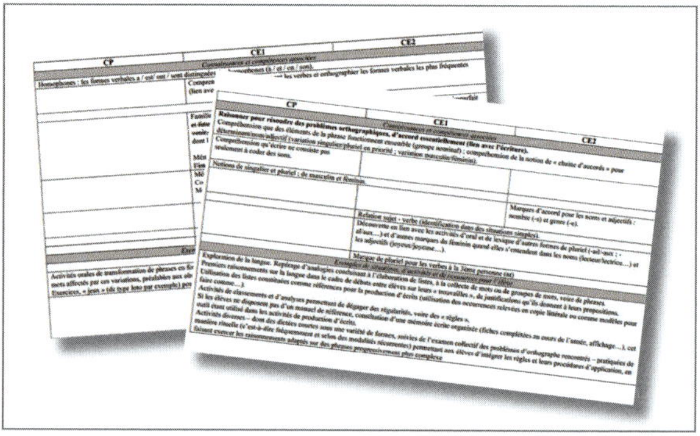

J'aime Commenter Partager

Vous et 2 autres personnes aimez ça

Aude Montel Bravo pour tout ce travail, ma Valou, tu nous aides beaucoup !

Maîcresse Valou Bloggeuse Normal, ma Aude, mon métier c'est toute ma vie. Je prépare pour très bientôt des programmations interactives et des paperboards sur l'histoire et la géographie en cycle 3. Et si je n'ai toujours pas de mec, je préparerai des fiches de prep pour toutes les matières dans tous les cycles. Yipaaaa !

Les profs sur le tapis rouge

Les parents, les élèves, les invités que tu croises dans une soirée, ta boulangère… toute la journée tu entends que les professeurs des écoles sont toujours en vacances, ou passent leurs journées à faire colorier les élèves. Tu as besoin de reconnaissance ? *Le bonheur est dans le préau* invente la cérémonie des GOLDEN PROFS. L'idée ? À partir de la liste ci-dessous, organise une remise de prix. Sors les robes de soirée en papier crépon et déroule un tapis rouge dans la salle de motricité. Ce soir, c'est toi la star.

Meilleure costumière…

… pour *J'ai réussi à enfiler 25 paires de gants avant la fin de la récré.*

… pour *J'ai cousu 25 déguisements de marguerites géantes pour la fête de l'école.*

… pour *Je suis directeur d'école, et tous les mardis je porte le survêt de l'équipe de France de foot de 1986 pour faire sport avec mes CM2. Mmmmm sexy.*

Meilleur décorateur…

… pour *J'ai affiché 42 règles de français, une frise historique et 13 règles de vie sur 2 m².*

… pour *J'ai aménagé ma classe en îlots pédagogiques,*

avec une table en fond de classe pour la différenciation. Bref je suis inspecté cette année.

... pour *J'ai réalisé une fresque sur les droits de l'enfant dans le préau de l'école. C'est magnifique mais les élèves n'ont pas touché une seule bombe de peinture. Ils ont juste regardé Nicolas l'intervenant pendant trois jours.*

Meilleure interprétation...

... pour *Tu veux mon doigt ?*

... pour *Le prochain qui me demande où on écrit quand on est en bas de la page, je le mets dehors.*

... pour *Élisa, en CP, on ne porte pas de talons hauts.*

Golden Profs d'honneur...

... pour *J'ai enseigné 35 ans dans la même école. L'année dernière, mes exercices de maths étaient encore en francs.*

Ma fille a plus d'amies que moi

Je m'appelle Christelle et j'ai 39 ans. Ma fille, qui est en CM1, est invitée presque tous les samedis. Ses copines de la classe ou du club de danse organisent des sorties ou des anniversaires. L'autre jour, en l'attendant dans la voiture, je réalisais qu'elle avait des tas d'amies, et moi plus une seule. Je ne le vis pas bien. Comment puis-je m'organiser pour nouer de nouvelles relations amicales ?

Christelle — Bordeaux

LA RÉPONSE DE L'EXPERT

Jean-Roger est psychologue, psychiatre et chauffeur routier. Il consulte régulièrement sur la RN60, à hauteur de Courtenay. Voici sa réponse.

Christelle. Il est difficile à votre âge de se recréer un réseau d'amis. Surtout que votre fille est encore jeune, ce qui exige de votre part une grande disponibilité pour son éducation, ainsi que pour les tâches domestiques. Il faut cependant mettre fin à ce malaise : je vous conseille donc de faire en sorte que votre fille ait moins d'amies que vous. ***Pour ce faire, invitez toutes ses copines et organisez un défilé en maillot de bain. Proposez au curé et à l'agriculteur du coin de composer un jury artistique.*** *Si tout se passe comme prévu, les amies de votre fille n'auront plus le droit de lui parler pendant les 10 ans qui viennent.*

Voilà. Bisous bisous.

J.-R.

Es-tu un collègue charmant ou purement égoïste et obsessivement concentré sur ta réussite personnelle ?

Travailler en équipe exige des concessions. Tu es du genre à partager tes fiches de préparation ou à dénoncer les retards d'un collègue à l'inspecteur ? Pour le savoir, fais le test.

❶ Lundi. 10 heures. Tu surveilles la récréation avec Marie, ta collègue de CE1.

A. Tu lui demandes si elle a passé un bon week-end.

B. Tu lui demandes si elle a passé un bon week-end, et sans attendre sa réponse, tu lui racontes tes problèmes avec tes élèves, tes enfants, ta mère, tes voisins et ton chien. Puis tu lui demandes si elle a passé un bon week-end.

C. Tu ne lui demandes pas si elle a passé un bon week-end, parce que tu n'es pas en train d'assurer ton service dans la cour. Tu préfères rester au chaud. Alors pour justifier cette désertion, tu passes un coup de fil à ta conseillère pédagogique, et lui demande qu'elle t'explique le postulat d'éducabilité selon Philippe Meirieu.

❷ **Mardi. 12 heures. Valérie sort de sa classe en larmes. Elle a raté son inspection.**

A. Tu la rassures en lui expliquant que cela ne remet pas en cause ses qualités et son parcours professionnel.

B. Tu l'encourages à persévérer mais lui fais remarquer que la projection d'*Alvin et les Chipmunks* lors d'une inspection n'est pas un choix pédagogique des plus pertinents.

C. Tu regrettes cet événement douloureux et pointes le fait que l'augmentation de salaire inhérente à sa réussite lui aurait permis de renouveler plus souvent sa garde-robe.

❸ **Mercredi. 10 heures. C'est le moment de la pause pour les enseignants qui ne sont pas de service.**

A. Tu comptes les collègues présents dans la salle des maîtres, et coupes la délicieuse tarte que tu as préparée avec les pommes du jardin.

B. Tu manges la délicieuse part de tarte que ton collègue a préparée. Tu profites d'une conversation animée sur l'évaluation à l'école pour te jeter sauvagement sur la dernière part qui reste.

C. Tu proposes de découper la délicieuse tarte préparée avec les pommes du jardin en parts proportionnelles au nombre de paquets de café apportés par chaque collègue. Pour étayer ton raisonnement, tu sors de ta poche une feuille sur laquelle tu notes discrètement depuis le début de l'année le nombre de paquets apportés par chacun.

❹ Jeudi. 18 heures. Christophe, ton collègue de CP-CE1, se fait agresser verbalement par des parents lors d'un conseil d'école, lui reprochant de distribuer trop de punitions.

A. Tu prends sa défense et rappelles à tous combien il est important d'œuvrer ensemble, en toute intelligence, pour le bien de nos élèves.

B. Tu n'interviens pas parce que tu as peur de te faire agresser à ton tour, et surtout parce que c'est bien fait pour la gueule de Christophe, qui a toujours des excuses bidon pour ne pas assurer son service de cour.

C. Tu vas dans le sens des parents d'élèves. Tu apportes même des exemples précis, à l'aide de témoignages d'enfants que tu as enregistrés avec ton téléphone et que tu diffuses sur le TNI.

❺ Vendredi. 14 h 20. Émilie, ta collègue de CE2, te demande d'accueillir dans ta classe Maël qui vient de frapper Éloanne, une de ses camarades de classe.

A. Tu demandes à Maël de s'installer à une table, puis l'invites à réfléchir à la conséquence de son acte en écrivant une lettre d'excuse à Éloanne.

B. Tu acceptes Maël dans ta classe pour le reste de l'après-midi. Tu demandes en échange à Émilie d'assurer tes services de cour. Pendant un mois. Puis de corriger tes cahiers du jour aussi. Et enfin de porter ton cartable de l'école jusqu'à la voiture tous les soirs.

C. Tu refuses en argumentant qu'il appartient à chaque enseignant de trouver une posture professionnelle adaptée à chaque individualité de la classe, même les plus perturbateurs, tout en expliquant à ton élève Freddy qu'il n'est pas très très gentil de couper l'annulaire de sa petite voisine avec sa petite paire de ciseaux.

- ***Tu as un maximum de A :***
  Tu as beaucoup choisi la lettre A.
- ***Tu as un maximum de B :***
  Tu as beaucoup choisi la lettre B. Cette attirance pour une lettre aux formes arrondies révèle une profonde gentillesse. Attention cependant à ne pas acheter le matériel pédagogique avec tes propres deniers.
- ***Tu as un maximum de C :***
  Tu as beaucoup choisi la lettre C.

TÉMOIGNAGE

L'enseignant de mon enfant ne veut pas lui obéir

Force est de constater que de plus en plus de professeurs refusent d'obéir aux enfants.

Poitiers. Nous sommes à l'école primaire Jean Rostand. Devant la porte d'entrée, une jeune femme est excédée : *« Ma fille a encore travaillé toute la matinée. Sous prétexte qu'elle est en CP, il faut qu'elle fasse de la lecture. Et ce n'est pas tout, elle fait des calculs aussi. »* Cette mère de famille n'est pas la seule à être consternée par l'attitude des enseignants vis-à-vis de leurs enfants. *« Hier, quand la récréation s'est terminée, mon petit Mattéo n'a pas eu le droit de rester dans la cour pour jouer tout seul. Sa maîtresse l'a forcé à rentrer pour… travailler ! Vous vous rendez compte ? À 8 ans ! »* Encore sous le choc, cette maman poursuit entre deux sanglots : *« Je suis anéantie de savoir que mon petit prince d'amour travaille autant en classe, mais il paraît qu'après c'est encore pire. Au collège, ils doivent savoir conjuguer le verbe être. »*

Les deux principales fédérations de parents d'élèves se sont emparées de ce dossier. Un guide sera bientôt disponible gratuitement, et devrait aider les familles à réagir en cas d'abus des enseignants.

Une initiative heureuse, mais qui arrive un peu tard. Chaque jour en France, des professeurs exigent de leurs élèves qu'ils restent assis sur une chaise, avec un stylo dans la main. « *Et ce que nous savons n'est que la face visible de l'iceberg,* nous confie Michel Colignon, auteur de ce guide. *Dans certains établissements, une fois en classe, les élèves ne peuvent plus communiquer avec le monde extérieur. Il leur est interdit d'utiliser leur smartphone pendant 45, voire 60 minutes. On assiste à de véritables prises d'otages.* »

Du côté du monde enseignant, on reconnaît une volonté de prise en main des élèves : « *Il est vrai que j'ai plusieurs fois dépassé les limites en voulant apprendre l'orthographe à mes élèves,* nous avoue à demi-mot un jeune professeur des écoles, *mais j'étais allé trop loin. Aujourd'hui, je consacre plus de temps à faire de l'informatique, du sport, et des sorties.* »
Une initiative salutaire qui, gageons-le, sera suivie par d'autres. Nous ne pouvons tolérer que dans le pays de Jaurès, nos enfants sortent du système éducatif en ne sachant que lire et compter, et pas publier une photo sur Snapchat.

Pendant ce temps, sur Facebook

Aurélie Grandjeunet

2 septembre à 07 h 50

Fière de toi mon petit crabe qui passe en CM1 !!!

J'aime Commenter Partager

Vous et 13 autres personnes aimez ça

Thomas Braquet Sérieux, tu t'enflammes parce qu'elle passe en CM1 ?

Aurélie Grandjeunet Oui c'est sa maîtresse qui me l'a dit.

Thomas Braquet Elle rentre pas à Polytechnique non plus.

Thomas Braquet Aujourd'hui y a plus de redoublement. Alors même si ton petit crabe, elle avait le QI d'une huître et la mémoire d'un poisson rouge, elle passerait quand même en CM1.

Ces projets sur le papier, ces projets en vrai

Tu avais pensé à tout. Ton projet s'annonçait original et intelligent. Et puis soudain… c'est le drame.

- **Animateur de centre de loisirs et militant antiraciste,** tu rédiges un projet interculturel sur les 5 continents. Ton objectif est de montrer que nous sommes tous citoyens du monde.

  DANS LA RÉALITÉ, **les enfants de ton groupe, rendant hommage au peuple africain, tournent autour d'un feu en papier crépon et dansent sur une chanson de Yannick Noah.**

- **Animateur en restauration scolaire,** tu prépares un projet sur les droits de l'enfant. Ton objectif est de promouvoir la convention internationale qui protège les enfants à travers le monde.

  DANS LA RÉALITÉ, **tu te retrouves avec ton groupe d'enfants, un dimanche 20 novembre, sur une place de centre-ville déserte,** la température ne dépassant pas les 2 degrés, à faire un lâché de colombes, dont l'une d'elles fiente sur ton trench.

- **Professeur des écoles en CM1,** tu mènes un projet sur l'art contemporain, avec l'intervention d'un plasticien moldave. Ton objectif est de rendre service à ta copine qui est conseillère pédagogique en arts visuels, et qui doit utiliser rapidement une queue de budget du ministère de la Culture.

DANS LA RÉALITÉ, tu te retrouves dans le hall de l'école avec une installation composée de grillages, de poules et de sacs de tri sélectif. Tu essaies d'expliquer aux parents que tout cela représente le consumérisme poussé à son extrême.

- **Enseignant en CE2,** tu prévois un échange de deux jours avec une école en Angleterre. Ton objectif est de trouver des situations quotidiennes de pratiques langagières.

DANS LA RÉALITÉ, tu te retrouves en banlieue de Leeds, hébergé par Mary and Peter, un couple de profs qui te fait faire le tour des pubs toute la nuit. Du coup, le lendemain, tes élèves te demandent : « Comment dit-on "gueule de bois" en anglais ? »

- **Maîtresse en maternelle,** tu organises un spectacle de danses folkloriques. Ton objectif est de développer la motricité et la coordination chez tes élèves.

DANS LA RÉALITÉ, tu te retrouves en train de danser sur du Nolwenn Leroy devant 50 adultes, dont 4 complètements bourrés. **Tu es déguisée en druide celtique, dans la salle des fêtes du village, aménagée pour l'occasion avec des dolmens en papier mâché.** Moment de gloire : la grand-mère de Lola vient de demander où tu as eu ton costume de Père Fouras.

Ma femme veut que je l'appelle « Maîtresse »

Bonjour Jean-Roger. Dans l'intimité, ma femme veut que je l'appelle Maîtresse Sandrine. Si je ne suis pas assez sage à son goût, elle me fait copier des lignes, ou me met au coin. Au début, je trouvais ça excitant, et j'aimais l'idée d'être dominé. Mais cela va un peu trop loin : l'autre jour elle m'a tamponné le derrière avec des smileys rouges. Que dois-je faire ?

Jean-François – Rouen

LA RÉPONSE DE L'EXPERT

Jean-Roger est psychologue, psychiatre et chauffeur routier. Il consulte régulièrement sur la RN60, à hauteur de Courtenay. Voici sa réponse.

Cher Jean-François. Votre femme est maîtresse de maternelle. **Elle fait ce que nous appelons dans notre jargon un transfert.** Cela arrive à de nombreux salariés qui reproduisent dans leur vie privée des gestes professionnels. Heureusement pour vous, elle n'est pas proctologue.

Voilà. Bisous bisous.

J.-R.

Bingo : le jour des grandes vacances

« C'est quand le jour de la prérentrée ? »

Ton collègue a plus de cadeaux que toi. Ça te met la rage.

Tu prépares les en-têtes des cahiers pour la rentrée.

Tu fais durer la récréation du matin 90 minutes.

Tu calcules les statistiques de ton cahier de présence.

Tes élèves transforment la classe en salle de jeux.

Tu t'arraches les ongles à essayer d'enlever les punaises des affiches.

Ton bureau déborde de fleurs, de boîtes de chocolats et de dessins moches.

ParentsProfs
N° 105
RENCONTRE
Sarah Martin, auteur d'albums gothiques pour bébés
SCANDALE
Une enseignante revend ses cadeaux de fin d'année sur Le Bon Coin
TÉMOIGNAGE
La maîtresse de mon fils est aussi la mienne
TENDANCE
Notre sélection de stylos rouges
DÉBAT
Mon enfant est laid.
Dois-je acheter la photo de classe ?

Pendant ce temps, sur Facebook

Nacéra Ighzer

16 avril à 18 h 36

Help !!! je recherche des idées en arts visuels pour mes CM1 demain !

J'aime Commenter Partager

Vous et 18 autres personnes aimez ça

Cédric Pécheux En ce moment je travaille sur le portrait. J'ai commencé par Picasso.

Nacéra Ighzer Super, tu fais comment ?

Cédric Pécheux On a commencé par la genèse du cubisme, avec les surfaces géométriques anguleuses et la déstructuration des formes. Pour la première activité, je leur ai demandé d'apporter une photo des frères Bogdanoff.

Coucou, je m'appelle Léa. Ma maman est maîtresse d'école. Viens jouer avec moi. Nous allons apprendre des tas de choses.

Je sais lire un calendrier

Colorie les jours de l'année où ma Maman travaille.
N'oublie pas les jours où elle prépare ses cours, où elle corrige les cahiers, et où elle m'oblige à essayer des activités manuelles pour le marché de Noël.

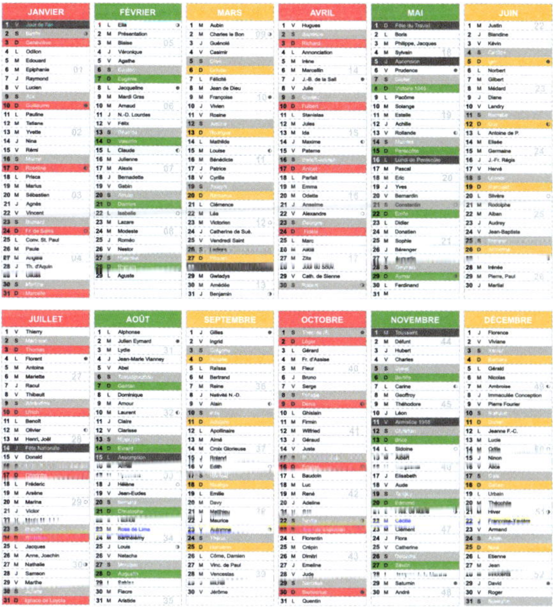

Moi Jean-Jacques Président

C'est le moment de se quitter. Mais ne sois pas triste. Notre histoire ne fait que commencer. D'abord tu peux me retrouver sur mon blog jeanjacqueslemag.fr. Ensuite, tu pourras venir à l'un de mes meetings. En effet, je me présente aux élections présidentielles. Je compte sur ton soutien et ton engagement. Vote pour moi. Mon programme tient en 12 propositions :

Moi Jean-Jacques Président, je n'accepterai pas que des élèves, par leur incapacité à s'habiller et à enfiler des chaussures seuls, privent des milliers de maîtresses en France d'une récréation bien méritée.

Moi Jean-Jacques Président, parce que leur bruit sur le bitume est insupportable au moment de l'arrivée des enfants dans la cour de récréation, je ferai enlever toutes les roulettes des cartables.

Moi Jean-Jacques Président, j'interdirai toutes les réunions dont l'ordre du jour est le même que la réunion précédente, et où les décisions sont reportées aux réunions suivantes.

Moi Jean-Jacques Président, j'interdirai l'emploi du prénom Jason.

Moi Jean-Jacques Président, j'éliminerai tous les enseignants qui s'habillent en survet bleu dès qu'ils animent la moindre activité sportive.

Moi Jean-Jacques Président, j'aurai aussi à cœur que chaque enseignant de France arrête de parler de ses élèves tout le temps. Notamment chez la boulangère, qui n'a pas que ça à faire d'écouter le bilan scolaire de Syliane. Y a quand même 13 clients derrière qui attendent leur baguette.

Moi Jean-Jacques Président, je demanderai aux enseignants dépressifs d'arrêter de raconter leurs problèmes à leurs collègues, surtout pendant la surveillance de la récréation sous la pluie.

Moi Jean-Jacques Président, je n'aurai pas la prétention de donner des leçons de pédagogie en n'ayant enseigné qu'une seule année dans ma vie.

Moi Jean-Jacques Président

Moi Jean-Jacques Président, j'abolirai les chorales d'enfants, concentrés d'enfants en tee-shirts blancs Kalenji qui braillent sans rythme des fausses notes devant des parents aux yeux mouillés, dont le seul objectif est de filmer leur petit ange pour recueillir un maximum de *J'aime* sur Facebook.

Moi Jean-Jacques Président, je ferai en sorte qu'aucune maîtresse de maternelle ne puisse s'adresser à un parent ou un collègue comme si elle parlait à un enfant de 3 ans, avec ce phrasé bêtifiant et ces grimaces insupportables.

Moi Jean-Jacques Président, j'autoriserai la consommation de mojito à la récré.

Moi Jean-Jacques Président, je ferai fermer toutes les écoles pour qu'aucun enfant ne puisse y pénétrer.

Crédits photographiques et dessins

p. 13, 22, 51, 71-72, 96 : dessins de Pauline Roland

p. 4 Evgeny Karandaev – Shutterstock.com ; p. 5 Lordn – Shutterstock.com ; p. 8 (en haut) photastic – Shutterstock.com ; (en bas) racorn – Shutterstock.com ; p. 9 David Touchtone – Shutterstock.com ; p. 11 Air Images – Shutterstock.com ; p. 12 (en haut) kiuikson – Shutterstock.com ; (en bas) Africa Studio – Shutterstock.com ; p. 15 Anton Watman – Shutterstock.com ; p. 20 RTimages – Shutterstock.com ; (empreintes) Popup – Shutterstock.com ; p. 22 (habillage) olga Klyushina – Shutterstock.com ; p. 23 file404 – Shutterstock.com ; p. 25 Dmytro_akulov – Shutterstock.com ; p. 28 Valery Sidelnykov – Shutterstock.com ; p. 29 Javier Brosch – Shutterstock.com ; p. 30 Lenar Musin – Shutterstock.com ; p. 31 (en haut) Piotr Marcinski – Shutterstock.com ; (en bas) Liudmila P. Sundikova – Shutterstock.com ; p. 32 pathdoc – Shutterstock.com ; p. 33 Jan Mika – Shutterstock.com ; p. 34 wavebreakmedia – Shutterstock.com ; p. 35 PhuShutter – Shutterstock.com ; p. 36-37 Studio ART – Shutterstock.com ; traces de café : Picsfive – Shutterstock.com ; p. 38 pathdoc – Shutterstock.com ; p. 39 vita khorzhevska – Shutterstock.com ; p. 41 Mélanie : Ma vie en boîte ; p. 42 Ysbrand Cosijn – Shutterstock.com ; p. 44 Yanis : Ma vie en boîte ; p. 45 rangizzz – Shutterstock.com ; p. 46 Pavel_Bogdanov – Shutterstock.com ; p. 50 YuryKo – Shutterstock.com ; p. 53-54 Leremy – Shutterstock.com ; p. 55 (haut) sylv1rob1 – Shutterstock.com ; (bas) sylv1rob1 – Shutterstock.com ; p. 56 lamnee – Shutterstock.com ; p. 59 racorn – Shutterstock.com ; p. 60 racorn – Shutterstock.com ; p. 61 Billion Photos – Shutterstock.com ; p. 62 Coprid – Shutterstock.com ; p. 63 Poznyakov – Shutterstock.com ; p. 66 pathdoc – Shutterstock.com ; p. 69 microcosmos – Shutterstock.com ; p. 70 fotandy – Shutterstock.com ; p. 73 (en haut) Sunny studio – Shutterstock.com ; (en bas) Lighthunter – Shutterstock.com ; p. 74 STILLFX – Shutterstock.com ; p. 78 Dmitri Ma – Shutterstock.com ; p. 81 (en haut) Poznyakov – Shutterstock.com ; (en bas) Tania Kolinko – Shutterstock.com ; p. 83 bestv – Shutterstock.com ; p. 88 Elnur ; tkhatsko – Shutterstock.com ; – Shutterstock.com ; p. 91 Nicoleta Ionescu – Shutterstock.com ; p. 93 stockyimages – Shutterstock.com ; p. 94 femme : Tulikoff Photography – Shutterstock.com ; chocolats : Xan – Shutterstock.com ; p. 95 Simon Greig – Shutterstock.com ; Gabin : Ma vie en boîte ; p. 97 Heidi Brand – Shutterstock.com ; p. 98 Kalmatsuy – Shutterstock.com ; p. 99 Anthony DiChello – Shutterstock.com ; p. 100 Agathe : Ma vie en boîte ; p. 102 Uber Images – Shutterstock.com ; p. 103-104 Brothers Good – Shutterstock.com ; p. 106 Minerva Studio – Shutterstock.com ; p. 110 Stone36 – Shutterstock.com ; p. 112 (en haut) goodluz – Shutterstock.com ; fillette : Agathe : Ma vie en boîte ; p. 113 sylv1rob1 – Shutterstock.com ; p. 117 Sunny studio Shutterstock.com ; p. 118 sylv1rob1 – Shutterstock.com

Retrouvez-nous sur
jeanjacqueslemag.fr
le blog déconnant des profs et des parents

Jean-Jacques

Toute l'actu des éditions Jungle est sur : **www.editions-jungle.com**

éditions Jungle

éditions Jungle

éditions Jungle

éditions Jungle

ISBN : 978-2-822-21561-9

Jungle est une maison d'édition du groupe Steinkis

Deuxième édition – Décembre 2016
Achevé d'imprimer en France par Corlet en décembre 2016
Dépôt légal : octobre 2016

Photo de couverture : Good Mood – Shutterstock.com ; Mike Flippo – Shutterstock.com ; Designsstock – Shutterstock.com ; Alfonso de Tomas – Shutterstock.com ; Evgeny Karandaev – Shutterstock.com ; Vadim Georgiev – Shutterstock.com ; Zerbor – Shutterstock.com ; Lev Savitskiy – Shutterstock.com
Maquette : Julie Fanjeaux